海 上 升 明 月

文吉儿 著

目录

海上升明月

目录

海上升明月

海 上 升 明 月

原来，真正的爱情就是一瞬间无可阻挡的心动。

第 一 章

初

遇

2013 年末，鹿城。

这是夏明月第一次来到这个海滨度假小城，正如心中期待的一样，蓝宝石般的天空、漫无边际的海洋、夕阳晕染的渔港、海岸线尽头的飞鸟……所有的绚烂如约而至，每一步都像是行走在画里，完全满足了少女对南国风情的美好幻想。

夏爸说，写作的人最宝贵的财富就是对生活的丰富体验。坦白讲，夏爸对于夏明月继承了他未竟的作家梦想这件事情是十分欣喜的。这个从小就展露出过人写作才华的女儿，一直是他心中最大的骄傲，他每每看到夏明月，就像看到年轻时的自己，所以，不论是精神还是物质，他都全力支持着女儿，这一次的举家鹿城之行便是对夏明月考上中南大学中文系的奖励兑现。

远方意味着未知世界，未知意味着无限可能，也恰是青春之于人生的宝贵意义。年轻人的梦想清单里永远少不了远方的那首诗、那片

云。对于从小生长在内陆城市的夏明月来说，鹿城的一切都是新鲜而浪漫的，她看风景也觉新奇，看行人也觉有趣，空气中洇着水汽的氤氲朦胧，似乎给整个世界蒙上了一层幻彩滤镜。

或许是性格使然，热门的打卡地点并不在夏明月的旅行计划中，恰恰相反，那些自然的、未经雕琢的、不经意间邂逅的人文景物似乎更容易走进这个十七岁少女的内心。哪怕只是早晨推开窗时的那一缕带着海洋气息的微涩清风，或是街角一隅偶然撞见的未曾知名的野花，都能够让夏明月感到一丝莫名愉悦，并令她坚信这是冥冥之中的际遇，注定让她和它们在时空交汇，完成一次缘分的约定。

虽然听上去有些莫名其妙，然而正是这种接近艺术家的特殊敏感，令她获得了许多常人无法察觉的细微感触。她常常放任思绪沉浸在这些难以名状的情志之中，旁人看来大概无法理解，但她知道，那便是自己与世界的独特沟通方式，也是她成为自己而不是旁人的坚定理由。

此中有真意，欲辨已忘言。她不懂得该如何言说，但这种奇妙的第六感却始终存在。比如，这一次的鹿城之行。在此之前，她对鹿城一无所知，只是偶然在旅行杂志上翻到了几张海岛落日图片，灰色与粉色混叠的半夏晴空，太阳的金光勾勒出了云朵的可爱模样，天空俯底亲吻着大海，浪花追逐着最后的霞光，每一处角落都充满了故事感……于是，她便记住了这座海滨小城的名字，也将自己的高中毕业之旅约定在了此地。

等待的日子总是格外漫长，时光酝酿着崭新故事的开篇，也加深了少女对远方的想象。去往鹿城之前，夏明月的心中总有一种隐隐的形容不出的感觉，也兴奋，也疑惑，仿佛整个宇宙正在预谋一件关于她的重大事件，所有人都是知情者，所有剧本已经筹备完全，只有她本人尚未知晓。

人们常说，命运的转折往往在那些不经意的瞬间，只有回首时，才能发现那些时刻的重要。作为写故事的人，她可以轻易挥笔改变小说中人物的命运走向；那么，她自己的命运又是由谁掌握呢？有些忐忑，不知道哪一刻会让生活悄然改变，可她并不恐惧，因为她十分清楚地知道，心中那道未知的闪电般的心事注定指向幸福。这是一个年轻人对未来的自信与期待，和那些历经世事的疲惫的成年人不同，十七岁少女可以毫无理由地坚信，她的梦是金色的。

直到真正踏入鹿城的那一刻，夏明月再一次印证了自己的选择是正确的。

当落日与深海渐渐融合，海浪仍不厌倦地一遍遍抚过沙滩，眼前的一切变得朦胧起来，就连吹过脸庞的海风也带着暧昧气息，引得游人纷纷欲醉，流连忘返。夏明月一个人安静坐在海边，无比享受此时此刻的温柔宁静，但是低头看看时间，就不得不提前结束这美好而静谧的画面，收拾好随身携带的笔和纸本，起身走入了晚归的人群中。这一天，她并没有像预想中的记录下任何文字，纸面空空，毫无痕迹。可她觉得心里沉甸甸的，仿佛已将眼前的大海和天空都装进了心里，只待时光慢慢酝酿。

沿着小路慢慢走着，回头望时，已是漫天绯色笼罩人间。夏明月没有忘记，早上出门的时候，母亲曾经特意嘱咐她说晚上要打扮得体一些，最好提前到达餐厅，千万不要迟到。她便知道，一定是有父母非常在意的朋友到场，不然也不会拖着自己出席饭局。作为城市精英圈层家庭的小孩，可谓"谈笑有鸿儒，往来无白丁"，接触的亲友朋客横跨政商学界，虽然从小耳濡目染大人们的应酬往来，比普通孩子更早懂得人情世故的重要性，但家里人一向对她保护有加，鲜少要求她露面社交，也养成了夏明月早慧却单纯的性格。

回到酒店之后，夏明月认真而快速地整理起来。这个年纪的小姑娘，哪里有不爱美的？虽然尚未知晓今晚来宾是谁，但一点也不妨碍她将自己打扮漂亮。她打开行李箱，挑选了一件剪裁合体的藕粉色连衣裙，那是她偏爱的颜色，温柔而安静，不若红色骄矜，不似艳粉谄媚，平淡而矜贵，似一朵霞光映照中的空谷幽兰。她满意地照了镜子，又顺手拣了一只白色蝴蝶结发卡，将海藻般的黑色长发简单地束了起来，更加衬出少女白皙的肤色和柔美的脸型。正是如花般的年纪，不必过多修饰就是清水出芙蓉的自然美丽，文艺而清新。

夏明月对着镜子又检查了一遍细节，脚上那双白色高跟鞋随着身体前后摆动着。她的个子本就高挑，此时显得身材更加曼妙。然而，这却令夏明月轻轻皱了下眉，最终还是换了一双平底鞋。不知从什么时候起，她竟然学会了藏匿光彩。那种外表的直白的美丽，对于毫无城府的小女孩来说是快乐的荣耀，但对于初入社会的青春少女来说，更多的却是莫名羞涩。

终于处理好了一切，她怀着好奇和忐忑推开了客房的门，边走边猜想着来宾的身份，不知道将要出场的会是个怎样的人物。说起来，她正在为自己的新小说准备素材，倒是很乐意去多接触一些不同领域的人物。

穿过长长的酒店走廊，站在门口等候的服务员将她迎入预订的包厢。宽敞的空间十分气派，装修考究，灯光明亮，只刚一进门，夏明月就认出了席间那位英武而严肃的中年男人。

李清河是夏爸的老同学，前天晚上他们曾经见过一面，就在这间餐厅，李清河作为榆林海军基地的后勤师长，尽地主之谊热情招待了刚到鹿城的夏家三口人。当时，李清河问到小姑娘的名字，夏明月还站起来向李清河敬了个礼，"报告首长！我叫夏明月！"，成功地让这位不苟言笑的海军首长咧开了嘴角，并对夏明月留下了深刻的印象。当然，夏明月对李清河的印象也不错，只是不知为何短短两日，他们又会坐在一起吃饭。

"小夏今天很好看！快来坐下，一会儿有新朋友介绍给你认识。"李清河见到夏明月的出现，还未开口说话就先笑开了，热情而和蔼地招呼着小姑娘坐下来。

夏明月当即明白了，原来今晚这位首长也只是陪客，还将有更重要的人物出场呢。她微笑示意，举止大方得体，然后坐到了母亲身旁。可是，很快，她就感受到了包厢里的异样氛围，实在有些不同寻常。

明明只有李清河和夏家人在场，又非公事应酬的场合，但与前两日的聚会气氛明显不一样。夏明月敏感地捕捉到了李清河话语之间的微妙，听对方的意思，似乎今天这个饭局是专门为她而定？她这个小小的陪客怎么像是成了女主角？平时落落大方的夏明月突然觉得有些紧张局促，她悄悄地看了母亲一眼，然后才发现，母亲居然也在托腮掩笑地看着她。

天色渐渐暗去，窗外一片昏沉。李清河和夏爸随意地聊着天，那些旧时话题对于年轻人来说过于沉闷无聊，但夏明月听得颇有兴致，像是在认真听大人讲故事的小孩子，扑闪扑闪的大眼睛里充满了好奇。她资历尚浅，不便参与讨论，夏爸却有意提点女儿，时不时对她说上一句，宠爱之情溢于言表。而且，正如夏爸所言，他这个女儿虽然看上去是一个标准的新新人类，但其实拥有一个古怪而有趣的"老灵魂"，让人捉摸不透，又让人惊喜连连。用夏爸的话说，举贤不避亲地讲，他的女儿绝对是一个惹人喜爱的姑娘。

时间一分一秒地过去，当话题转了几转，茶水再三续上，服务员上齐前菜也不再进出包厢，李清河口中的那位"新朋友"依旧迟迟不见到来。夏明月忍不住猜想，也许这位"新朋友"位高权重，是个不得了的大人物，所以才会让所有人等待吧。

"不等了，我们先吃。"李清河低头看了看表，最终挥手决定道。他微微探身，十分周到地让了客人，又率先给旁座的夏爸夹菜，然后坐下来继续边吃边聊当年的同窗趣事。

　　夏明月的位子正对着窗口，放眼望去，窗外绵绵叠起的灰粉云层一直延展到海平面尽头，色彩交接之处暧暧不明，很难分辨天与海的界限，却格外地温柔迷人，仿佛少女的心事，一团柔软缠绵，完全是此时无声胜有声的情态。

　　不自觉地，夏明月又沉浸在了自己的幻想之中，她正在写一个关于暗恋的故事，她的主角们虽然两情相悦，可是没有捅破那层爱情的薄纸，互相试探的过程既甜蜜又纠结，急需一个突破口让感情明朗化，而令夏明月苦苦思索的是，该如何构思出一个巧妙而自然的点子，让故事得以顺畅进行。

　　正在发呆之际，包厢的门突然被服务员推开了，所有人的目光向声音发出的地方聚集。一个穿着莫兰迪灰色衬衫的挺拔少年在众人的注视中走了进来。

　　夏明月应声抬头。乍看去，那少年竟与窗外的晚霞是同一色系，柔和的、暧昧的，仿佛是从海天深处走出来的人，那么干净，那么清透，周身还发着淡淡的光芒，就像一颗降落世间的星星，又像是从那云海中幻化而来，带着那么一层梦幻色彩。

　　一瞬间，所有故事的男主角都有了具体的形象。

夏明月不是没见过世面的深闺女儿，但见到李航的那一刻，她不得不承认，她像是被什么击中一般，心跳不由得漏了一拍。"若非群玉山头见，会向瑶台月下逢。"没来由地，她的脑海中浮现了这样一句话。

多年后，当她再次回想二人初见的场景，她仍然可以清晰地回忆起来，她的第一反应不是惊喜，而是窘迫，她清楚听到了自己急速的心跳声，脸上也烧烧的。若不是在场的人忙着寒暄，她真怕此刻的状态要被那几双耳朵和眼睛揭穿了。

"小鹿乱撞"——果真是一个恰如其分的形容，夏明月直觉地想到，原来那些大作家说得没错，没有经历的人是很难写出真切动人的文字的，那些精妙独到的言语并非刻意构造或夸大其词，而是"情出自然"的真情流露。她甚至不合时宜地想到，以往自己关于爱情的描写简直是一种"盲人说象"的荒谬，**原来真正的爱情就是一瞬间的无可阻挡的心动**。

众里寻他千百度，蓦然回首，那人却在，灯火阑珊处。

对于夏明月来说，刚刚无疑经历了一场内心的海啸。虽然表面上不动声色，但她自己清楚明了，毫无预兆地，内心仿佛有什么东西破碎了又被重建，沉默无声，惊天动地。

"大家好，对不起，我迟到了！"少年落落大方，一边微笑一边鞠躬，礼貌地替自己打着圆场。那件灰色衬衫熨烫得笔挺板正，领口和袖口都被严谨地扣上，令它的主人看上去认真而缜密，配合着那样真诚的笑容，又使得整个人不失友好亲切。

那个人是有魔力的，可以轻易地成为所有人的目光焦点，并且可以让自身情绪在众人中准确传达。可是，夏明月却发现，自己竟然缺少与那双眼睛对视的勇气。或许它们太过深邃，她怕自己的心事就这样被一眼看穿。

夏明月端坐着，不自然地去握面前的玻璃杯，唇角紧闭，一言不发。

李清河佯装嗔怒地瞪了儿子一眼，不经意间就将他上下审视一番，并没多说什么。如夏爸一般，这个独生子也是李清河一生最大的骄傲，只是在他而言，男孩总不能像女孩一样呵护娇养，尤其对于信奉老式教育方法的人来说，对儿子的管束总要大于宠爱，不苟言笑反倒成了父子之间的平常，只是这爱并未因此减少一分。

李航看了父亲一眼，心里无奈，又对在场的人抱歉地笑了笑，没有更多地为自己辩解。为了招待来鹿城度假的外地同学，今天一大早李航就跑去机场等候，明明预备了充足的时间赶回市区，可谁知道飞机竟会晚点呢？计划赶不上变化，就像他也不知道会在这种例行"公事"的场合碰见如此惊艳的女孩。

从进门的那一刻，他就注意到她了。或者说，她那样子的女孩，很难让人的目光从她身上忽略移开。他不知道该如何形容见到她的感觉，只觉得她和自己以往见过的女孩都不一样，夏明月有一种自身独有的气韵，他觉得用所有美好的词汇形容她都不过分。矜贵的，娇柔的，脆弱的，坚定的，她身上混杂的矛盾气质，令李航觉得神秘又着迷。

"这是明月妹妹吧？我看过你的书。"李航毫不避讳地将目光落在了夏明月的脸庞，他尽力搜索关于她的信息，也只想起曾经从父亲那里得知的寥寥信息。但对于李航来说，夏明月并非全然陌生，他不是客套，他是真的读过她的文字，对这个美丽的名字也有印象。而且，就在刚刚那一刻，他有一种直觉，他和这个女孩将会发生更多故事。

"哈？"夏明月有些惊讶，没想到李航对自己说的第一句话竟是关于她的书，虽然很多人与她客套的话术就是如此，但这话从李航口中讲出来，好像有些不同的意味。她抬头看着李航，一时不知该如何接话。若是平日里，无论真心抑或奉承，她都可以对答如流，但对于眼前这个少年，她承认自己有些迷惑了。

李航看她受惊小鹿一般的表情，心里不禁思索是不是自己哪里冒犯了她。可是，他连语气都比平常放轻了呢，他甚至觉得自己在故作轻松，因为面对这个女孩的时候，他似乎有点紧张呢，生怕自己给她留下不好的印象。

"你的文字和你的人很像。"李航看着夏明月微微笑道，越来越觉得这个女孩十分有趣。然后，他自然地拉开椅子，坐在了夏明月旁边的位置——那个特意为他而留的唯一空位。大人们笑模笑样地看着两个年轻人，满意地交换着眼神，彼此间的心意并不点破，只有李清河说了一句"你们看这两个孩子多有意思"，然后继续着饭桌上的交谈。

李清河比前一次相见时的话语明显多了起来，兴之所至，甚至用少有的略显夸耀的语调谈起了李航的学习生活，并在夏家人面前一再肯定了李航的成绩和自己对儿子的满意。

　　夏明月默默听着，她想，若是换作其他人，她一定会非常反感这种"自卖自夸"的介绍方式，但那个人是李航，是面前那个只需看上一眼就会心动的少年，即使再多的夸耀也会令人信服吧。这时候，语言反倒显得无力，不过是苍白的辅助罢了。

　　这边，李清河又一杯酒下肚，大谈起去年李航代表青年海军赴美国参加大学生交流赛并拿了全英文演讲冠军的事情，讲得声情并茂，毫不掩饰骄傲。看着平时严肃古板的父亲如此激动兴奋，李航有些惊讶，也微微窘迫。他对这种直白的表扬并不习惯，但饭桌上的气氛刚刚好，所有人都很高兴的样子，那么，他也没必要扫兴，只是尽心替父亲照顾着远道而来的客人，尤其是那个在社交场合尚显稚嫩的小女孩。

　　协助服务员上菜时，李航无意间瞄了夏明月一眼，然后就和那双漂亮的大眼睛对视上了。刚刚进门的时候，他还能够磊磊落落地正视这张脸，新鲜又好奇地将她仔细打量一番，可是不知为何，短短十几分钟过去，他竟然没有勇气再去直视那个女孩的脸庞。他是从小跟着父亲出入社交场合的，今天却也头一次害怕自己失态。

　　原来，面对美丽事物的时候，人们的本能反应是一样的：不是占有，而是退却。因为，美的最高级是距离感。只是，李航的自信与主动，让他这一感受来得比常人迟了一些。

夏明月在目光接触到李航的那一秒就下意识地低下头，少女的羞涩令她内心紧张，慌乱之中想要接住李航递来的盘碟，两个人互相一让，手指就不小心碰到了一起。

这下，夏明月彻底变成了受惊的小鹿。她倏然缩回手，眉头轻皱，也不再言语。

"对不起。"李航小声道，他是真的不知道这女孩子如此敏感羞怯，他甚至觉得自己的冒昧令她生气了。

夏明月低着头，所以，她观察不到李航那抹带着歉意的浅浅笑容，更对自己脸颊泛起的两团红晕全然不觉。她只觉得内心很是局促，也绝非抵触他，总之是从未有过的感觉。

李航还想主动说些什么，但面对夏明月的反应，他也没了主意。要知道，他可是从小到大一路被冠以"校草"称号，收情书收到手软的大男主，就算后来进了男多女少的军校，也是不曾断过绯闻的绝对校园风云人物，谁知今天竟然被一个只会脸红的小姑娘搞乱了心思呢。

"明月，听你爸爸说你正在准备新书，方便给我们透露一下大作吗？"显然，李清河今晚的兴致不是一般的高，平常寡于发言的严肃首长几乎成了全场话最多的那个。他笑呵呵地看着夏明月，像刚刚夸赞自己儿子一样，将对小姑娘的欣赏全部写在了脸上。

夏明月看了夏爸一眼，心里有些责怪父亲将未完成的事情宣扬出去，这可不是她的行事风格。夏爸不以为意，这样的骄傲为什么不能让人知道呢，何况是他看重的同窗知己？若不是秉持低调原则，他恨不得让全世界的人都知道他有一个多么优秀的女儿。所以，夏爸只是笑吟吟地看着夏明月，表示也很想了解一下女儿的新作品。

"是的，有一本书在准备。但是目前积累还不多，希望明年能完成吧。"夏明月如实回答道。说到专业问题，她从不扭捏，一双眼睛亮闪闪的，仿若有光。

"明月，你尝试过写诗吗？"身旁的李航突然道。

夏明月有些迷惑，不知道李航为什么会冒出这样一句话。只听她说道："写是写过，但我觉得还不足以称为诗吧。"

"我觉得你可以。"李航笑道。

夏明月没有回答，觉得李航这个人说话有些出乎她的意料，但让她很是受用。对于写作的人来说，诗歌创作乃是最高阶的水平，所以李航这话理解为赞赏恭维也不为过。

李航确实也是这样想的。但他不只想恭维夏明月的才华，他还想表达的是对夏明月这个人的欣赏爱慕。如果他是诗人，她就是缪斯。哪怕他不是诗人，她仍是诗歌本身。

李航一直微笑看着她，夏明月不得不回视他。她猜想着，这个少年是否知道自己笑起来很好看，或许他本人不知道，但他周围的人，尤其是那些同龄的女孩子一定知道吧。

想到这里，夏明月又觉得有些不好意思。怎么突然变成了这样矫情的人呢，都在胡思乱想些什么？这可不是她的一贯本色。矫情这种事情，用在写作中就好，用在生活里纯属自寻烦恼，这一点夏明月还是非常清楚的。

李航并不知道眼前人的心思，他继续说道："我不太懂诗歌，但我看过你的散文，有些句子单拿出来就像诗歌一样，很美，很有韵律，至少给我的感受是这样。"

夏明月看着他，忽然觉得这个大男孩很真诚，和过往那些场面话不同，她相信李航是真的读过她的文字的。不知怎么，她就是愿意相信他，或许这就是人与人之间的缘分吧。有的人，一番长篇大论也令人难以信服；有的人，只是一句话就走进了对方的心里。

夏明月想，这不是她对李航的私心偏爱，而是李航的人格魅力。作为一个视写作为终生事业的人，她关注的并非写作本身，同样也很期待与读者的深入交流，可惜这样的机会对于只是小有名气的写作新人来说并不易得。此时，李航以此为话题切入，不仅消弭了两人之间的陌生与紧张，也让他们的精神世界联系起来。

李航微笑回应她，仿佛也在期待与她更多的交流。夏明月用手握着玻璃杯，指尖触感冰凉，而脸颊却像天边那抹烧红的夕阳一般。有那么一瞬间，夏明月甚至觉得自己看见了一幅海市蜃楼般的画面：她安静地坐在桌前书写，身旁的人捧着一本书阅读，时而安静陪伴，时而贴心辅佐。这样的画面已经不是第一次出现了，如果说少女对爱情的憧憬是具象化的，那么这就是夏明月对于未来的要求和期盼。

琴瑟在御，莫不静好。——真的可以实现吗？她曾无数次幻想过谁会帮她实现愿望，直到刚刚她似乎有了答案。

回神的一刹那，李航正看着她，眼神明亮，笑容友好。夏明月为这样一份浪漫而飘忽的少女心思感到十分难为情，然而正是爱幻想的年纪，忽然撞见如此惊艳的少年，试问谁又能免俗呢。

对于那天的晚宴，夏明月已经记不清楚太多细节，她隐约记得李航又和她讨论了一些文学话题，关于她的作品，还有她和他喜欢的作家，他们的谈话很合拍，让人感觉舒适，兴致盎然。这令夏明月十分惊喜，好似一种拆礼物的心态，每拆开一个都是预料中的心满意足，不免对下一个礼物也充满好奇和期待。

夏明月发现，她渴望对李航有更多了解，虽然她还不知道该如何让这份关系继续，或许明天他们就不再见面也说不定，就像诗歌里所描述的，"你我相逢在黑夜的海上，你有你的，我有我的，方向"。在感情的世界里，她是那样的青涩，甚至不懂得爱是需要争取的如此简单的道理。

心事纷纷扰扰，忽然之间，再看那温柔的重复的海浪拍岸也觉得错综而惊扰。每一次浪花的击打都像是一个叩问，却始终没人给出答案。

然而，李航是懂得的。夏明月清晰记得，在那天的饭局结尾，李航主动提出来，要带着夏明月好好逛一逛鹿城。李航也记得，那天的夏明月笑得很腼腆，但看得出来小姑娘蛮开心的。

那天之后，夏明月就成了"有心事"的人。那么，有了心事的人，看世界的目光是不一样的。夏明月只觉得时常有一种莫名的喜悦，隐隐之中仿佛开启了一扇新世界的大门，生活崭新的一面正在热烈迎接着她，只是没有引领者，也没有倾诉者，这又让她觉得有些陌生的忐忑。

两天后，李航如约来到酒店门口接夏明月。虽然这并不是两个人的单独约会，而是要和李航的两位外地同学一起去海边兜风，但是夏明月依然很开心，她天真地想，这样蛮不错，会少很多尴尬，毕竟两个人才刚刚认识呢。

而早在前一天晚上，夏明月就开始精心挑选衣服，并在心里猜测着李航的喜好。她换了这件，又觉得那件更合适，翻来覆去，突然就失了主意，甚至有些懊恼。从小到大，她从未因为外貌有过任何不满或自卑，相反地，她一直知晓自己的优势，可是此刻她多么希望自己能更漂亮、更优秀一些，希望自己也能够成为某个人的心动与幻想。

少女的爱意悄然萌生，还未感到十足甜蜜，就有了小小的烦恼。

夏明月看着镜中的自己，忽地就明白了那些日子慌张不安的预感因何而生，她有一种正在经历预言的神奇感觉。但她不想追溯原因，只想知道故事结尾。**书上说"情不知所起，一往而深"，或许只有说不清道不明的才是真正的心意。**

鹿城的风温柔且暖，像恋人的手轻轻拂过脸颊。夏明月早早就到了酒店大厅等待，她希望自己看上去是从容的，她还不想过早地被人识破心事，何况她还未知对方心思。就像她笔下的少女，夏明月认为，自己的感情应当淡漠而矜持。

人来人往中，三两人群散落在大厅的沙发座，夏明月选了一个靠窗的位置。淡黄色的及膝连衣裙使得她看上去像个精致的瓷娃娃，乖巧而甜美。不时搅拌着桌上的咖啡，又令她显得有些百无聊赖，却也平添了几分慵懒的气质，颇显轻松自在。虽然她的故乡没有大海，到底也是江河滋养的女儿，自是生得一股天然柔美。

当李航走进大厅时，第一眼就看到了人群中的夏明月。他忍不住扬起嘴角，此时也不得不确信，这几天的好心情全是因为眼前的这个女孩子，可惜她似乎还不知道自己拥有着怎样的能量和魅力。

"嗨！"李航觉得自己闯入了一幅画，或者说是一座迷宫。总之，一向自诩理性的人也变得云里雾里，说不清道理。

他和夏明月打招呼，引着她上了车，非常绅士地为她打开了副驾驶的车门。算起来这才是他们的第二次见面，但是彼此之间好像相识已久一般，并没有十分的生疏感，怪不得那些文艺作品里，有情人初次相见总被描述为仿若重逢。

与君初相识，犹如故人归。

他问她昨晚有没有休息好，又问她这两天都做了什么。只要夏明月在讲，李航就认真聆听，若是李航在讲，夏明月同样歪着小脑袋问题不断地捧场。一路上，他们有说有笑，有着分享不完的话题，即使偶尔的停歇也不会令人尴尬。

其实，前一晚夏明月并没有休息好，或许是过于兴奋，在床上躺了好一会儿也没睡着，索性爬起来写起了小说——这两天她似乎开了窍般，简直文思如泉涌，效率从未有过的高。可是，等到第二天早上照镜子的时候，回报她的就是两个明显的黑眼圈，害她想尽办法也没有完全遮掉，还和自己生气了一会儿。

当车停在路口等红灯的时候，夏明月忍不住接连打了两个哈欠，水汪汪的眼睛有些红丝，可怜得像个小兔子。李航看着她呆萌的样子，本是有心想打趣她，可当夏明月转过头来对着他不好意思地笑时，李航却咽下了原本想说的话，从兜里掏出一颗椰子糖。

"尝尝看。"李航笑道，将糖果放到了女孩的手中。

"哇，谢谢。"夏明月没有犹豫地接过来，一边剥开糖纸，一边小声嘟囔道，"你这么大人了，怎么兜里还带着糖？"

李航笑笑没回答。

海风吹乱了她的黑色长发，几丝碎发调皮地在她的额头跳来跳去。李航看了一眼，忽然很想去替她整理好，但是犹豫了一下，他又将伸向半空的手撤了回来，最后什么也没做。

夏明月搞不清李航在做什么。她觉得李航虽然很不错，但有时候奇奇怪怪的。她将椰子糖放入嘴里，一股椰奶的香味在舌尖化开，甜蜜蜜的，很不错。她由衷想要夸赞糖果的滋味，可是一开口先忍不住打了个哈欠，这回真的有点不好意思了呢。

"对不起哦！"夏明月道歉。本来嘛，和人家一起出来玩，总是显得心不在焉，像什么话。而且，听说打哈欠是会互相传染的，让司机也同自己一样犯困就不对了。

李航正视着前方的路况，绿灯一亮，踩下油门，继续上路。只听他轻轻说道："坚持一下哦小朋友，不要睡，还有五分钟就到了，他们已经在门口等着我们了"。

"嗯嗯。"夏明月点头，听了李航的话，果真乖巧得像个小朋友，收敛起平时那些古灵精怪的想法，完全一副听从大人安排的模样。说真的，她迫不及待地想见到李航的两位同学，她很想知道关于他的一切，在她还没有进入他生命的日子里，他到底是何模样。

夏明月转头向着身侧的车窗，风从窗外涌来，吹到脸上非常舒服。她觉得心里高兴，说不清楚为什么，只是对于未来突然有了一些莫名的期待。她轻轻哼着欢快的歌，却忘记了歌词，她就看着李航咯咯笑起来。李航看了她一眼，也没问为什么，随着她也笑了。

李航甚至觉得，自己也变得和她一样傻乎乎的了。可是，谁在乎呢？她这样可爱。鹿城并不算大，大约又过了五分钟，他们就到了与李航同学约定的地点。

远远地，夏明月就看到一个身着白色及踝长裙的女生站在酒店门口，大大的帽檐遮住了女生的半张脸，但从身姿和打扮就能判断，那该是一个气质极佳的美女。

可惜美女并未注意到他们，正在低头看着手机。夏明月的眼光很准，她直觉这个女生就是李航的同学。果不其然，不一会儿，就从酒店门口走出来一个身材微胖的男生，提着大包小包，像个殷勤的小跟班一样站到了女生身旁，还在焦急地解释着什么。

"嘿！"李航将车子平稳地停下来，摇下车窗，笑着招呼那两个人，又指了指车辆后座。

"换车啦？怪不得没看到。"女生笑语吟吟，微微探身，很熟络地和李航打着招呼。

"哈喽啊！"小胖子孟勒颠了几步过来，目光越过司机李航，探头探脑地向着副驾张望，然后别有意味地说道，"怪不得这么慢吞吞，原来是有佳人相伴，走不动道啊。"

"得嘞，温司令。"旁人还未及回应，只听孟勒继续坏笑着，转头对旁边的温青青说道，"您的专座易主了，您后边请吧。"

"就你话多。"温青青嗔怪地拍了一下孟勒的肩膀，柳眉轻皱，一把就将小巧的印花手提包从孟勒手中扯了过去，然后一侧身坐进了后排。

"你啊。"李航也对孟勒笑骂着，"我说约早一点，你非要等到这时候，会堵车啊大哥。"然后又转头对温青青说道，"等着急了吧，青青。"

温青青坐在车里，对着李航始终笑吟吟的，说道："这就是明月小妹妹吧？你好，我叫温青青，这是孟勒，我们是李航的大学同学。"

夏明月礼貌地回头应道："青青姐好，孟勒哥好。"

"别客气，别客气。你好，你好，明月。"孟勒讲话的语调又快又亲切，听上去是北方口音，"叫我小胖就行，他们都这么叫我。"

李航听着他们寒暄差不多了，又看了一眼夏明月的安全带也完好地系着，一个挂挡加一脚油门，车辆潇洒出发。

人多了自然热闹起来，大家你一句我一句，说说笑笑间，夏明月的困意很快被冲散了。李航作为众人唯一的共同联系，当之无愧成为话题中心。一路上，根本不用夏明月主动开口，温青青和孟勒就将李航的事情全盘托出，比如武汉海洋工程大学"校草"的名号，比如惹得低年级学妹争风吃醋的风波，比如去隔壁学校参加联谊赛被外校女生围观的事情……"既生瑜，何生亮"，孟勒连连感慨上天不公，叹息为什么所有的桃花运都被安排到李航一个人身上，搞得他单身二十年，至今还没尝过爱情的苦。

夏明月听得津津有味，好奇地追问着更多，孟勒就耐心地给她讲，不时添油加醋一番，简直把李航说得天上有地下无，相比之下，李清河那晚的言谈还真是谦虚了。

"哎，差不多行了，你这嘴不干销售可惜了。"李航道。

"我可不就是推销你呢，是吧明月妹妹，你看我们李航怎么样？"孟勒抱着前排的司机座椅，一张大脸凑前去问。

"你老实点吧！"李航无奈地警告道，无意中在后视镜里瞥见了温青青正在看着自己。

李航是学生会外联部的部长，温青青是部里的骨干成员，两个人的合作也算默契，来往之间就从同学关系升级为了好友。这趟鹿城之旅也是在温青青的提议下，她和孟勒从武汉直接奔赴鹿城，虽然没有提前告知李航，但人都来了，李航这位东道主又哪有不接待的道理。

"那你为什么叫青青姐'温司令'啊？"夏明月不想将敏感话题引到自己身上，便故意岔开话题问道。

李航专心开车，不作言语，甚至想将耳朵也关闭起来。

孟勒觉得自己这个"百科全书"又该出场了，就说道："因为她是我们的指挥啊，我们都听她的。你看你那座位，原来就是我们温司令的专座，她得提点着我们，给我们指明方向，我们才能知道往哪儿开，才能不误入歧途。要不是今天你先坐上去了……"

温青青听孟勒越说越没谱，越说越让人误会，急忙打断道："别听他瞎说呢，那是他们俩开车没谱，我有时候坐前面给他们看着点道儿。"

李航看夏明月为了和后排那两人说话，身子一直扭着，整个人都要背转过去了，便告诫道："小朋友要坐好，遇上急刹车怎么办？"

"对啊，你怎么不坐好。你看你这莽莽撞撞的，就当不了司令。"孟勒是真话痨。

被司机大人和话痨先生接连教育一番，夏明月吐吐舌头，终于坐正了。她心想着，看李航这老司机的架势也不像需要人在旁边提点的，但这话不会说出口就是了，她虽然单纯，但还不至于傻到冒泡。

　　天气晴朗，心情愉快。四个人漫无目的地行驶在海边大道，路上随处可见热情欢乐的人群，小商贩也是三五成堆地聚集着。累了就停车，欣赏海景、吹吹海风，饿了就下车，随便找一家饮食小店也是人间美味。李航颇有大哥哥风范，对夏明月照顾有加，服务周到，孟勒也围着她"明月妹妹"叫个不停，还主动提出下个假期要去夏明月的家乡湖南游玩。温青青连连叹气，感慨他们是"重色轻友"，惹得孟勒大声叫屈，又乖乖回到温青青身边当起了称职的提包小跟班。

　　天色已晚，众人仍觉意犹未尽。夏明月看着时间将近夜里十一点，心里有点焦急，她这个乖乖女还从未超过零点回家呢。而且，妈妈也在微信上问她行程，催着她回酒店了。

　　李航看出夏明月的犹豫，主动提出今晚到此散场，先顺路把温青青和孟勒送回酒店，然后再送夏明月。众人没有异议，回程路上他们相互加了微信，又约定好了下一次的见面时间。

　　夜晚的鹿城是与白天不一样的美丽，灯火璀璨，人头攒动，晚风也不似内陆那般冷硬，倒是有一种别样的异乡温柔。当车上只剩下李航和夏明月两个人，暧昧的气息在狭小的空间流动，沉默都显得意味深远。

　　或许是白天玩得累了，又或是突然的安静令人沉浸，夏明月没有讲话，只是静静地看着窗外飞驰的夜景，任万物在眼前掠过。

匆匆一瞥，即刻离去。她若有所思，可是全然没有答案。

李航心中有话，却又不忍打扰她的安静。他觉得这个女孩子真的很特别，也很吸引自己，可惜他对她的了解还是太少了，如果能够有更多的时间在一起，让彼此真正有机会走进对方的生活，他想他们一定都会很愉快。这样想着，李航随手把车上的收音机打开了。午夜广播里传来了清晰的女声，温润酥软的声线像这海滨的晚风，介绍着接下来要播放的歌曲——《Sealed With A Kiss（以吻封缄）》，一首经典浪漫的英文歌曲——

Though we got to say goodbye for the summer,
虽然我们将在夏季告别，
Darling I promise you this,
但是，宝贝，我向你保证，
I'll send you all my love,
我会向你倾诉我对你的浓浓爱意，
Everyday in a latter sealed with a kiss.
在每一天的信里，以吻封缄。
……
I'll see you in the sunlight,
我们一定会在阳光下再次相遇，
I'll here your voice everywhere,
你的声音将会围绕着我，
I'll run to tenderly and hold you.
而我将会向你奔去，并温柔地拥抱你。
……

一切都是温软的，夜色亦是含情脉脉，所以才任由心绪纷纷扬扬，忽而轻飘，忽而沉重，沉湎其中，不作他想。歌声从车载音箱中一阵阵传出，带着广播电台特有的粗粝而怀旧的音质，将那颗敏感的心摩擦得隐隐泛疼。

　　夏明月看向李航，关于他，她仍有很多很多疑问，可是她不知道该如何开口。

　　李航没再主动提起任何话题，只是到了酒店门口，两个人将要分别之时，李航才说他也许明天就提前回武汉了，去学校处理一些事情，一直没说是不想扫了大家的兴。

　　夏明月听后确实有些惊讶，没想到刚刚开始就要别离。但是，她转念又笑开了，对着李航调皮地眨了一下眼睛，语调轻快地说道："好呀！那我们以后还会再见面吗？"

　　"当然。"李航对她笑着，伸手在她的头发上轻轻揉了揉，"真是小孩子呢，说不高兴就不高兴了。放心吧，小朋友，以后还带你玩！"

　　夏明月奇怪道，自己究竟哪里表现出不高兴了，明明在努力微笑！

　　她从兜里掏出那张漂亮的糖纸，在李航的眼前晃了晃，说道："你说的要送给我好多好多椰子糖哦！我可是记下了！"

　　她只有一点点不高兴。但她愿意相信李航的话，他们的时间还多着呢，故事还长着呢。

海 上 升 明 月

当一个人的心里有了惦念的人，一切都将不再一样。

第 二 章

一月之后，长沙。

"只缘感君一回顾，使我思君朝与暮。"夏明月坐在咖啡馆，翻看着手中的杂志，突然这样一句话映入眼帘，不禁想起不久前的一些人和一些事。

一直以来，夏明月自认是个感性的人，她坚信这世间许多美好都是偶然来的。比如，七岁那年的一篇诗歌被当地杂志采用刊登，让她从此走上了文学创作之路；还有，十七岁生日那晚的许愿流星，让她成功考上了心仪大学的文学院；更重要的是，一个月前在鹿城结识的男生李航，让她真真切切感受到了什么叫作吸引与心动。

可是，如何让这份偶然的美好能够长久地驻留呢？

夏明月觉得，自己正在经历一场剧烈的思想摇撼，她相信这是人生的幸运，毕竟不是每个人都有机会体验爱情的心动。可是，由于男主角的缺席，又让这一切像是一场独角戏。

自从鹿城一别，夏明月和李航几乎断了联络。虽然互相加了微信，还收到过李航托人寄来的一大包椰子糖和当地特产，但是，然后就没有然后了。李航的存在感并不强，算起来也就是给夏明月的朋友圈点过两次"赞"，还没有温青青和孟勒对她态度热情。唯一的留言，还是孟勒在夏明月的一条动漫转载下面评论说，"这倒霉男主有点像李航"，李航给孟勒回复了一个"发怒"的表情。

夏明月不知道自己该怎么办，她完全没有经历过这样的事情，明明以前都是别人主动讨好她，然后她毫无心理负担地拒绝别人，实际上，她只习惯于这一种异性相处模式。那么，现在，总不好去质问李航为什么对她不理不睬吧？毕竟是才见过两次面的人，严格来说，连好朋友都算不上呢。

所以，只好将精力刻意投入其他事情，来暂时忘却那个少年带给她的巨大惊喜，和随后的更大的失落。

当时正值年末，各科学业都在备考阶段，尤其是大一的课程安排得相当之满，这对所有刚刚步入大学生活的新生来说都是一个不小的挑战，丝毫不比高考轻松。每天穿梭在宿舍、教室和图书馆之间，三点一线的生活既枯燥又疲惫，几乎占用了学生们的大部分时间。

夏明月的校园生活也不例外，应付高强度的学习已经将她的精力耗去大半。但是，在忙碌的学习之外，夏明月也有自己独特的排解方式：读书、写作。

那天在学校食堂吃过晚饭，同行的同学早早就散了，有人去谈恋爱，有人去选修课，夏明月独自一人去了图书馆自习室。时间对每个人来说都是公平的，而夏明月选择用兴趣爱好来填满空余。

近来，她正在读一本很有意思的小说——王小波的《黄金时代》，越读越兴奋，简直到了爱不释手的境地。她对这本书充满了好感，不知道该如何形容它的奇妙，只觉得和以前看过的故事都不一样，原来小说还可以这样写。

放下书本，她立刻打开电脑寻找更多关于这本书的信息，果然这书在文学网站的评分很高，仅仅是收录它的阅读书单就多得数不清。夏明月饶有兴致地一条一条认真阅读着读者评论，那些容易被忽视的细节也被人指了出来，获得了很多网友的共鸣。

就这样慢慢阅读着，夏明月心中忽然也生出了写书评的冲动。心中有话就一定要写出来，这已经成了夏明月的"职业"习惯。

所谓行云流水，头脑还处在高度兴奋中的创作过程是非常愉快的，那些文字仿佛早已形成，只待争先恐后地从脑子里往外输出。夏明月一边轻快地敲击键盘，一边不自觉的露出了微笑。

不过半个小时，文章几乎著成。夏明月背靠座椅微微一仰，心中有股说不出的畅然。她时常觉得自己是幸运的，因为她可以真切感受到文字带给她的力量与愉悦，这让她拥有了比常人更多的快乐。

此刻，她没有任何想法，只是沉浸在思想倾诉之后的快意之中，内心安然而恬静。

好一会儿，她才漫无目的地望了望，四周都是安静忙碌着的同学。

那些年轻人，为着前途理想而默默努力着，或许路途并不平坦，或许希望也曾明灭，可是因为心中存有期待，也就不至于气馁。

年轻的意义就在于它的无限可能。忽然，夏明月就理解了《黄金时代》里那句话的意义："那一天我二十一岁，在我一生的黄金时代，我有好多奢望。我想爱，想吃，还想在一瞬间变成天上半明半暗的云……"夏明月想，就是这样，就是这样，她的心中也有着很多很多的奢望，那些关乎人世的，那些不切实际的，天与地，海与风，有时候可以讲清楚，有时候又很模糊，但她知道，正是这些尚不明朗的东西支撑着她一路走下去，即使孤独，即使艰难，也绝不回头。

等到顺利地写好结尾，又仔细检查一遍，夏明月轻松一点鼠标，一篇书评就传达给了整个互联网。她十分期待可以通过文字找到与她产生思想共鸣的人们，她相信那些人才是她心灵上的真正伙伴。她渴望心与心的交流，渴望精神的碰撞，正如她渴望着这世上的某一处存在着某一人也在同样期盼着她的出现。

李航——她的脑海里又划过了那个名字。他也会在某一刻这样想起她吗？

时间一点点流逝，自习室的钟表已经指向夜晚十点，夏明月看了一眼窗外浓黑的夜色，匆匆合上电脑，准备回到宿舍。然而，就在起身离开之时，她突然发现桌角不知什么时候多了一张叠好的小字条，孤零零地放在她的背包旁边。

夏明月展开字条，那是一行表达爱慕的文字，还附带了一个微信号码。字迹倒是不错，言辞也很礼貌，但夏明月无意去寻找字条的主人，只是想着，如果她是那些表白的男生，或许会为自己一见钟情的女孩写上一首小诗，来表达心中的特殊情感，至少在她构想的小说里面男主角是这样做的。

　　对于夏明月这类漂亮女生而言，收到情书和字条早已是司空见惯的事情。坦诚地讲，美貌确实给她带来了不少好处，比如陌生人的善意，尤其是异性的友好殷勤。

　　但是，事物总是分为两面的，美貌也给她带来过不少麻烦。至少，直到现在仍然有人觉得她是花瓶，而不愿意承认她的天赋或努力。对此，她也曾委屈过，觉得自己不被旁人理解，直到后来她告诉自己：那说明你还不够努力。

　　回到宿舍，舍友们正在洗漱，准备熄灯睡觉。临近期末的日子确实很煎熬，即便是最会读书的那类人也不敢懈怠。当初大家都是各个高中的尖子生，多少个夜以继日的辛苦才换来了和理想大学亲密接触的机会，可是，这并不意味着结束，恰恰只是刚刚开始。进入大学，大家又来到了同一个起跑线，高手之间的对决变得异常艰难，如同逆水行舟不进则退，稍有松懈就会被甩下一大截，根本不存在老师家长之前所说的"考上大学就彻底解放了"这种情况，反而要加倍努力才不会被落下。

　　十一点的熄灯铃响过之后，整栋女生宿舍楼突然暗了下来，窸窸窣窄的声音也渐渐止住。闪着朦胧亮光的窗口是有人开了小台灯在夜读，从外望去就像暗夜的几处微微萤火。

南方的冬天还是有些寒冷的，夏明月躺在窄小的床板上，掖紧了被子。学校提供的住宿条件有限，有些同学希望住得好些，便在附近自己租了房子。夏爸也提过，家里正好有一套闲置的小公寓，就在距离学校一公里的地方，环境好很多，可以供她安静地写作。但是夏明月拒绝了。夏爸只当女儿懂事，不骄矜，乐于朴素，后来没再提过这事。只有夏明月心里明白，她在众人眼里的"特殊"之处太多了，所以不愿意再落人口舌，一再低调是她自己用经历悟出的处世法则。

如今，大学的第一个学期就要结束，回想那些埋头苦读的旧时光，彼时心中向往的不就是当下这一刻？夏明月望着低矮的天花板，闭上眼睛深深吸了一口气，又缓缓地将这一天的疲惫吐了出去。又窄又硬的单人床自然是比不上舒适的席梦思大床，可是这里有她的青春梦想，短短几个月的大学生活已经让她感受到了完全不同的人生体验。再没有人追着索问作业，再没有一天到晚不停的课堂点名，即便逃课去图书馆看课外书也不是什么越轨的行为，甚至校园绿荫下牵手的年轻学生情侣，也成了见怪不怪的一道亮丽青春风景线。一切都是放养式的安排，自由的感觉相当好呢。

如每个寂静夜晚一般，夏明月在黑暗中辗转着，任由大脑开启了宇宙漫游模式。她会忽然想到白天的某一件小事，也会默默计划着明天的日程。

安静促生无限想法，所以夜幕降临时分，当一切回归静止，这个城市里总有很多人舍不得入睡，仿佛只有这一刻宁静才是真正属于自己的。

夏明月又想到了王小波的那本小说，想起自己为它写的那些文字。若按平时，她是不喜欢把写作内容发在个人的微信朋友圈的，自觉没什么意义，平时鲜少有人在微信上和她讨论文学创作，不如发个自拍照赢得的关注更多。

但是，现在她的朋友圈里多了一个特殊的"朋友"，虽然那个人根本不同她主动交流。

怀着小小的隐秘的心事，夏明月将那篇发表在文学网站的书评转到了朋友圈。这一份难以言说的心情，就像小学生忐忑不安地交了一份试卷，然后焦急又害怕地等待着老师宣判一个分数。

这样一番操作，夏明月都忍不住自嘲起来。谁能想到这位高冷的校园"女神"，夜不能寐竟是因为一个对她爱搭不理的男生……**果然爱情是没道理可言的，公主可以爱上青蛙，灰姑娘也可以拒绝王子，现实也远比故事离奇。**

话说回来，夏明月自问在李航面前从来没有表现过高冷难求，反倒处处释放友好信号，可是那个李航怎么这么高冷啊？想到这里，夏明月小孩般地在心里哼了一声，气不过，想不通，却是一点办法也没有。

为了缓解心烦，她在手机上浏览起新闻，直到有了些许困意，才再次打开微信界面，去查看有没有她期待中的某个人的信息。

"那一天我二十一岁，在我一生的黄金时代，我有好多奢望。我想爱，想吃，还想在一瞬间变成天上半明半暗的云……"那篇书评不仅多了一颗点赞"小心心"，还多了一条评论——正是夏明月最喜欢的那句话，正是夏明月最期盼的那个人。回复时间显示是在十五分钟之前，也就是文章刚刚发送的时候。

她忍不住抿起嘴角，躺在黑夜中无声笑着。莫名地，她闻到了一股椰子糖的香甜。

李航——夏明月在心里把那个名字认真念了一遍，脑海中浮现的全是他的身影。他利落的短发，明亮的双眸，硬挺的鼻梁，明晰的唇形……还有他的沉稳声音，他讲话时轻柔的语调……说来也奇怪，仅仅只有两面之缘，却心心念念了这样久。

夏明月感到既兴奋又惧怕，并不想承认自己已经陷入爱的旋涡。这感觉前所未有，让她有些不知所措。

如今她才明白，当一个人的心里有了惦念的人，一切都将不再一样。以前做事情的时候，很多是随意为之，并没有什么目的，现在却有了莫名的牵挂。她发现自己开始渴望某些事情，比如每一次发朋友圈之后，会期待李航给予回应，这会让她非常开心，哪怕只是一个点赞，也会让她开心一整天。

她渴望被他发现她的存在，又惧怕她的心事让他轻易知晓。

这样的矛盾心情，在夏明月看来是十分危险的。因为这让她产生了一种突然不受控的感觉，仿佛整个人正在被对方左右，失去了安全感。所以她努力尝试压抑自己的情绪，刻意逃避情感的起伏，希望自己能够不受李航的影响。然而，她失败了。

如此纯粹，又如此复杂。夜晚用浓黑将一切世间之事笼罩覆盖，悄然无息，足以掩人耳目。恰如少女的心事也可以被刻意隐藏，逃避众人耳目，暂时平息。

正处在睡前的胡思乱想之际，枕边的手机微微振动了一下，光亮闪现，是微信弹出来一条新消息。夏明月感到心脏随之一震，她揉揉眼睛，那一点点蠢蠢欲动又开始像小猫一样揉蹭着她的心房。她忐忑地将手机拿起并点开，消息是小森发来的。

"明月，明年樱花开时，咱们相约武汉呀！"

小森是夏明月从小玩到大的好朋友，幼儿园相识，小学同桌，初中同桌，之后小森随家人去了加拿大定居。虽然这三四年只见过一两面，但是远隔重洋的好朋友从未断了联系，一直通过网络分享着彼此的生活，见证着彼此的成长。可以说，她们就像是对方的一面镜子，映照了两人的每一步人生路。

虽然信息不是李航发来的，但夏明月还是很高兴，这意味着在来年的三月份，小森就要回来与他们这帮老友团聚，思念终于可以如愿落地。

成长是一条双向的线，一边伸向未来，一边勾连昨日。岁月的轮转总是带来太多离别。记得上一次相见还是去年的春节，几个老朋友好不容易聚齐，大家相约着匆匆吃了一顿饭，互相吐槽着各自的新境遇，又互相给彼此打气鼓励，说着"明天会更好"的祝福，可是再联想到之后的长久分离，难免又会生出一些离别情绪。

"夜雨剪春韭，新炊间黄粱。主称会面难，一举累十觞。十觞亦不醉，感子故意长。明日隔山岳，世事两茫茫。"犹记那天，夏明月在聚会中脱口吟出几句古诗，还被朋友们当场打趣了一番，说她这么多年仍然未变，外表看上去颇为时尚可爱，可骨子里还是那个古风古韵的文艺女神。但是，对于夏明月本人来说，这种不掩饰情绪的状态，也只有在知心老友面前才会表现出来吧。

思绪飘回，夏明月晃晃神，手指在屏幕上轻轻敲打，回复着好友小森的信息。

"好呀，最最亲爱的小森，一言为定！"

"到时候带你见我男朋友哦！"

"好哟！"

"那么明月，你有没有新情况呀？"小森还发了一个坏笑的表情包。

夏明月被问得突然，但只是稍微犹豫了一下就回复道："没啦，我还是老样子。"

她的爱情，她都不知道那算不算爱情，又怎么好和别人说起呢？

夏明月的失落是沉默的，所以没有被好朋友捕捉到。这也是她的一贯风格，和好朋友在一起，她只想分享快乐，不想给对方增添烦恼。

小森仍旧热情，顺水推舟道："那给你介绍一个帅哥要不要？"

夏明月翻了个身，在手机键盘上轻巧地打出三个字："不用啦！"还添加了一个摇头的搞怪表情包。

她不由得想起小森对自己提起的异国恋爱故事，本是毫无关系的两个人通过一个打错的电话走到了一起，这种戏码听起来实在"狗血"，却真实发生了，令人不得不感慨缘分这种事情简直太神奇。夏明月当时听到之后，觉得很有意思，还故作深沉地说道："人生就是这样难预料的咯。"现在想来，只想感慨这样的美好不知道何时才能轮到自己。

人啊，多多少少是有一点虚荣心的，尤其对于年轻女孩子来说，爱情不仅能给她们带来情绪的快乐，也能证明她们魅力的存在。明明她也很想像小森一样，有一天可以向好朋友骄傲地介绍自己的男朋友，可是，上帝一定是个很幽默的人，偏偏喜欢开玩笑。当身边所有人都觉得夏明月这种女生不会缺男朋友的时候，偏不曾有那么一个人走进她的内心，久而久之，她还真以为自己是爱情绝缘体了呢。可谁又料到，就在不经意间出现了那么一个人，以不曾幻想过的方式闯入了她的生活，占据了她的内心，打乱了她的节奏，却又忽明忽暗，暧昧不明，让她平静的生活掀起了层层波澜。

当真是，剪不断，理还乱。一夜无梦。

当阳光再次照进女生宿舍楼，夏明月茫然地睁开了蒙眬的睡眼，只是微微看了一眼光亮的世界，就立刻将眼睛闭了起来，像一只慵懒的小猫咪一样重新蜷缩了起来。

屋里陆续有了舍友起床的声响，水杯脸盆的碰撞声伴随着哈欠连天，宣告奋斗的一天又要开始了。对面的沫沫同学爬下床架时，还顺便拍了拍仍躺在床上的夏明月。

"起床啦，起床啦，同志们，听说今天老孟点名算出勤成绩，还要画考试重点的啊！"

夏明月轻哼着回应了一声，心想那是一定要去上课的了，虽然只是一门很无聊的公共必修课，但没有人敢拿期末成绩开玩笑。刚进入大学的时候，夏明月就将自己的四年学习规划好了，鉴于她的重心并非只有学业，所以，夏明月也没打算投入百分百的精力。但是，虽不必争班级头筹，仍要保持成绩在中上游，只有这样才会有余心余力去做额外的事情。

等到出门的时候，夏明月顺手从书架上取了一本诗集，希望它能够帮助自己度过漫长无聊的上午时光。

恰如沫沫所言，这是一节非常重要的考前课堂。

仿佛是集体收到了情报，距离上课时间还有十分钟，座位就几乎被占满了，熙熙攘攘、热热闹闹，不明情况的还以为是进了菜市场。眯起眼睛环视一周，夏明月才终于找到一处角落坐了下来。

她想，今天阳光不错，正适合看书打盹儿。慢慢翻开手中的诗集，世界倒是一下子安静了下来，这大概是夏明月从小具备的独特技能，只要有书陪伴，无论多么嘈杂的环境，都能立刻沉浸在自己的小世界，不受外界干扰。

　　这是一部叶芝的诗集。夏明月记得，那天和李航在车上闲聊，说起彼此喜爱的诗歌，李航曾说叶芝是他最喜爱的诗人，一生痴情的爱尔兰男人，用生命实践并歌颂爱情，动人的文字流经百年也不失璀璨色彩。李航谈起叶芝时，神情既专注又温和，一度令夏明月浮想联翩，想把这场景写到她的新小说里。总之，后来这本诗集便成功地占据了夏明月的床头，成为她的枕边书。

　　"同学，你旁边有人吗？"

　　忽然，明亮的书页被一大片阴影笼罩了。

　　"同学，呃……要是没人的话，我可以坐这里吗？"

　　这阴影晃了晃，然后遮住了所有的阳光。夏明月不得不抬头。她仰视着那个向她问话的高大男生，似乎很熟悉却又一时叫不出名字。但是，她也无心纠结这类事情。

　　"没人的，你坐吧。"夏明月说道，还顺便挪了桌上的水杯，十分礼貌地给那同学让出了空间。

　　"谢谢。同学，你看的是什么啊？"显然，那个男生对夏明月和她的书都很感兴趣，还没完全坐下，就立马开启了另一个新话题。他讲话很是和气，语调也令人舒适，再配合上那样一副阳光俊朗的模样，相信这个世界上应该不会有人拒绝他所传递来的好意。

　　夏明月把书轻轻合上，将封面给旁边的男生看了一眼。

男生看着书，夏明月盯着他。十秒后，夏明月恍然道："我知道你是谁了，你是篮球队的……'男神'。"她还是没能想起来男生的名字，但想起了学校的女生都是这样称呼他的。这张帅气的脸经常出现在校刊上，对他的"官方"称呼正是"篮球男神"，也难怪夏明月记不得他的本名。

"嗯……"程瑞安愣了一秒，有些尴尬地笑了一下，若不是夏明月略显呆萌的表情，他简直要怀疑这女孩子在故意逗弄他。

"是吧？"夏明月觉得自己应该没认错，心里还有些"回答正确"的幼稚小得意。

"嗯……"程瑞安思索了一下，放缓语气，尽量显得不油腻地说道，"那我该怎么称呼你，文艺女神？"

确实，又会写作，又会唱歌，又会弹琴，还会主持和朗诵，关键是人也长得十分漂亮，身材和模样都没的说，作为这样一个经常出现在学校比赛或活动晚会的焦点人物，夏明月哪怕再低调也不会真的被埋没。可以说，她从进入校园的那一刻起，便注定会成为中南大学的文艺之星。

可是，听到程瑞安这样当面评价自己，夏明月还是觉得怪怪的，而且有点尴尬。乍听上去，这场对话颇有商业吹捧的嫌疑，加上夏明月不知道该要如何回应他，索性停止了对话，又将目光转回了书页。

程瑞安小心翼翼地看着她，继续慢慢说道："我要说我也正在读这本书，你会不会觉得我在故意和你搭讪？"

夏明月再次抬头看他，不明白为什么他会这样问。但是，既然谈到书籍，她便大方又正经地说道："不会啊，这本书确实好，也不算冷僻。"她甚至在心里咯咯笑起来，觉得很有意思。她不觉得自己傻乎乎，反倒认为这男生傻乎乎，因为她经历过很多种搭讪方式，唯独没有人和她以书为媒搭讪的，所以，这个打篮球的男生也算是独一份的特别了。

"是啊，这书挺好的，我挺喜欢。"冬天的阳光也能把人晒得晕乎乎的，程瑞安很想说"其实你也很好，我也挺喜欢"，但这种话听起来实在太过油腻了，虽然是实话，但也只能在心里想想罢了。他可不想在夏明月心里树立起负面形象，要知道，这可是他第一次面对面和她说话呢，若是搞砸了，他会恨死自己。

夏明月看书看得入迷，根本没有注意到老师已经进了教室，更没有留意到周围那些羡慕嫉妒恨的目光像无影剑一样齐刷刷向她射来。按理说，这种公共课基本是多个专业的学生混在一起上课，人多得不得了，也不会有固定座位，是很多学生逃课的首选。但是，对于一些心有所属的人来说，这绝对是接近心上人的好机会，尤其是那些爱慕上隔壁班同学的人。

两米的身高，帅气的脸庞，无论走在哪里都是引人注目的风景。程瑞安是中南大学这届学生之中当之无愧的招牌人物，篮球场上引起女生尖叫最多的风云球手，关于他的选课行踪，那都是有专人整理，然后在"粉丝群"中公开流传的，所以也经常会有外班的女生为了接近这位"男神"而混入教室上课。

不夸张地说，刚刚那种场景，阳光明媚的课堂上，和校园"男神"

面对面谈论诗歌，除了夏明月这种"神经大条"的女生，怕是随便换个女孩子都要小心脏怦怦跳了。多少人求之不得的，偏偏就让她得了便宜，怎会不招人嫉妒呢？

"夏明月？"程瑞安偏过身体，压低嗓音轻轻唤了一声，"老师要划重点了。"他发现，这个女孩子专注看书的时候比她走在校园中更为动人，他为自己欣赏到了旁人很难关注到的美而感到庆幸。

"啊，谢谢。"夏明月被这一声从书里叫回了神，对这个男生知道自己的名字有些莫名其妙。她对自己的校园知名度不甚了解。她以为像她这样的新生，平时多是独来独往，又凡事刻意低调，所以不会引起太多关注。实际情况似乎并不是她想象的那样。

这个世界上，有些事情就是这样奇怪，并不是当事人不作多想，其他人就能够熟视无睹。**当她将心事深深埋藏的时刻，殊不知自己也是他人的向往。**

程瑞安看她呆萌可爱的模样，全然不是想象中那样高冷，也绝非传言中那样自恃清高和难以接触，他觉得自己看到的只是一个不谙世事地沉浸在自我世界的小姑娘，而这样的好姑娘不该被流言蜚语打扰才对。想到这里，程瑞安对夏明月的好感又多了几分，甚至生出了一些疼惜的心情。殊不知，碍于自己和夏明月的身份立场，这份带着欣赏的爱意将会在今后的日子里带给夏明月怎样的困扰。

爱情，其实是找回自身缺失的那一部分灵魂。

第 三 章

双
向
暗
恋

时间是有情绪的。当日子快乐些，仿佛时间也快；当日子艰难些，仿佛时间就慢。

自鹿城匆忙回到武汉，对于李航来说，这几个月几乎没有一天是空闲的，从早到晚各种奔走，忙到令他没有时间去思索更多个人问题。他有时候也不明白，为什么会将自己置于这样一种艰难的高压状态，明明他有着外界看来更优更好的选择，也有着随时喊停的轻松退路。

如果说人类骨子里都是趋利避害的，那么李航认为自己也是俗人一个，他不是苦行僧，不会刻意选择磨难，他也喜欢轻松地获得，他也喜欢便捷的途径。但是，他选择了军旅，而军旅意味着超乎寻常的艰辛困苦，这就要求他必须忍受孤独和苦涩，且义无反顾。

好在经过大一大二的两年军校培训，李航已经能够很好地适应军旅生涯的高强度和高要求，也不会再去考虑值不值得、应不应该的问题，更不会因为旁人的几句劝说就轻易改变自己的选择。在他看来，**思想的犹疑是对理想的亵渎**。对于军魂而言，他绝对忠贞。

可是，近来他越发对一件事情产生了摇摆。他完全不曾想到，平静的学习生活会被一个初相识的小女孩打破，就像一口古井深潭被投进了一颗小石块，或许她只是无意的调皮，却将他的内心深深撩拨，虽然表面看上去和以前并无异样，但只有他自己明白，命运为他出了一道怎样的难题。不夸张地说，从小到大，无论是家庭还是学校，他所处的圈层都很优秀，优秀的女孩更是见过不少，不是没有过心动，但最后仅仅止于欣赏，忙碌的学业也不允许他分心。

可是，这一次，不一样了。

他不知道该如何定义夏明月带给自己的感觉，他想不出更华丽的言辞，但他认为，那一次邂逅不仅仅是心动。

不知道为什么，夏明月这个名字后来经常出现在他的生活里。开始时，是父母偶尔问起他们是否还在联系。然后，孟勒和温青青也会不时提起这个小姑娘。再后来，不用谁来提醒，他自己就会想起她，而且很多时候是突如其来的，或许是他出操训练时，或许是他在实验室做数据时，然后她就像一个小精灵一样，莫名其妙地蹦进他的脑海。

说来有些不可思议，原本以为只是一次普通的相遇，没想到却成了心里难以忘怀的记忆。那个有趣的小女孩，她的脸红，她的天真，她的真诚，她的每一次快乐情绪都成了他脑海中挥之不去的美好画面。

每每想起她，尤其是在艰苦的训练之后，想起那样一副清纯可爱的笑容，都会令他感到些许安慰。

他不知道是自己后知后觉，还是她的后劲太过强大。本来只是当作一场顺其自然的普通交往，现在却是时时牵动着他的情绪。

他聪明，但并不熟稔于情感关系；他自信，却还没自负到认为可以轻松捕获一颗少女芳心。从见到她的第一面起，他就知道她的不普通。

两人，两面，双城。他对她的好奇除了网络，完全没有另外的了解途径。他总是在微信朋友圈里关注着她，却不好意思打扰她。他从中看到她的喜好、习惯、生活、学习，然后，他将那些东西下意识地记在了心里。

他看到她床头摆着的叶芝诗集，想起两个人那次关于文学的对话，猜想她是否受到自己的影响，又怕是自作多情。他欣喜地发现她也喜欢王小波，喜欢他喜欢的语句，那么算来他们也是一种精神知己吧。

他默默地想到很多，唯独不知晓，他的内敛和克制让那个骄傲的少女饱尝了失落和挫败。

话分两头。

漫长而可怕的期末阶段过去之后，就是令人期待的寒假了。当夏明月回到家乡小城，熟悉的一切扑面而来，又见到了久违的亲人朋友，心里的满足和雀跃根本难以用文字来形容。不得不承认，虽然渴望着外面的世界，但说到底，她也是一个恋家的姑娘。

这里承载着她的全部童年，最初对世界的认知和探索也是在这里完成的。她曾经想过，如果有机会，她一定要带上未来的爱人来自己的故乡转一转、看一看。她希望他们能够并肩走在旧日的那条小巷，还要给他指出哪里是她上学的地方，哪里是她最喜欢的小食摊，她在哪里摔倒过，在哪里捉迷藏……那些相遇之前彼此未曾参与的生活，她希望能够让那个人全部了解，同样地，她也想去他生活过的地方走一走，触摸那些他曾经到达过的时光痕迹。

她有着无数的关于未来关于爱情的幻想，早在男主角出现之前就已然存在。虽然未曾对人提起，但付诸笔端却是有的。她不知道，李航是否看到过她对爱情的理解和阐释，也不知道，在他的心里，会有着怎样的答案。

这样想着，夏明月拿出手机，随手拍了一张故乡街景照片给好友小森发了过去。不一会儿，微信那端就传来了回音，小森说道："好想家啊，不过我马上就要回去咯，等我！"

怀有心事的夏明月本就醉翁之意不在酒，立即追问道："不去武汉了吗？"

小森又说："当然去啊，不是说好了一起去嘛？先去武汉找我男朋友，然后再一起回湖南啊。"

夏明月顿时放下心来，说道："哦哦，知道了，等你回来哦！"她还不曾也不打算对小森坦露这段情感，因为连她自己也没弄清原委。

现在，她只有一个想法：她想去武汉，恨不得这一秒就飞过去的那种"想"。可是理由不够充足，就这样去见一个仅有两面之缘的男生，未免太过仓促和贸然，似乎这也不该是女孩子主动的事情。但是，如果是陪好朋友去找男朋友就不一样了，至少听上去"顺理成章"。

夏明月为自己的小心思既欢喜又感到一丝羞赧，但她也在慢慢接受这样一个事实——李航在她心中的位置越来越重要，重要到她可以为他打破一些自以为的常规。

对此毫不知情的小森，再一次为朋友的情感问题操碎了心："喂，我说明月，我上次说要介绍的帅哥还记得吗？你考虑一下啊，是真的大帅哥哦，很抢手的哦，绝对配得上你，犹豫就错过！而且，他就在武汉，我们到时可以……"

"啊，小森，奶奶叫我了，我们回头再说哦。"夏明月打着哈哈，现在的她，对于什么大帅哥根本没兴趣。她可是心里有人的人了，她也不相信命运的奇迹会一再出现，总不能见一个就钟情一个吧，那爱情未免也太廉价了。

她只知道，那次鹿城之行已经彻底扰乱了她的生活。如今一天天过去，重又回到平常环境之中，她本以为会将那些事情逐渐淡忘，也怀疑过那只是昙花一现的境遇。可是，时间不仅没有令她遗忘鹿城的人和事，反倒验证了那个少年对于她的特殊意义，不仅仅是新奇和一时兴趣，而是如酒一般，随着岁月的增长而酝酿得更加醇香。

但是，她始终无法确定李航是否对她怀有同样的情愫。如果爱情只是单方面的奔赴，那该有多痛苦，尤其是对夏明月这种心思婉转的女孩来说，无异于作茧自缚。

正在思索之际，微信又响起一声。这次不是小森。

"在干吗？回家开心吗？"居然是李航。

夏明月的手心一潮，明显精神紧张起来。李航应该是看到她刚发的朋友圈了，一张和爷爷奶奶在小院里的合影，照片里夏明月靠在爷爷奶奶怀里，笑得无忧无虑，像是回到童年的小孩子一样，那种幸福又安全的踏实的感觉让周围人的心也都跟着暖了。其实在鹿城的时候，夏明月也是这样对着李航笑的，只是夏明月自己不觉知，反而还要偷偷懊恼自己总在李航面前表现得不够成熟，不够大方，或许会让他觉得自己幼稚，不够好。

然后，她就惊讶地发现，她，夏明月，也会纠结于一个男孩是否会对她观感不够好。

也是那时候，她才知道，**人一旦对外界有了渴求，就真的再也潇洒不起来了**。但她不怪李航。正如现在，她觉得李航特别好，这条问候短信也来得非常及时，因为自己正在苦恼该如何才能和他说上两句话，他就主动抛来了橄榄枝。

看吧，**只要喜欢上一个人，不论对方表现如何，自己都会为对方找足借口**。

而且，说起来也有意思，现代联络方式如此简单，隔着千山万水也只是动动手指就能联系到对方，反而将人们的距离拉得更远。若是放到以前，还能托辞说山水迢迢锦书难托，但是现在就不得不承认一切只在于情感的分量。

正所谓，相见的方式越容易，相见的难度就越大。凡是涉及情感的事情，往往缺少的不是方法，而是一个理由。这样的事情，如今就在困扰着夏明月。

她回到家乡已有一个星期的时间了，这期间关于李航的消息是寥寥无几。虽然他们算不上熟络的朋友，没必要每天保持联系，可是夏明月的心里一天也没有把李航真正放下。她有时候会故意发一条朋友圈，虽然是对所有好友公开的，却只希望得到他的回应。可是，有一次看到他点赞了温青青的朋友圈，却没有和自己互动，害得夏明月当天吃饭都没了胃口，独自苦恼了好一会儿。

此时，夏明月反复看着屏幕里那简单的一行字，大脑飞速思考着怎么回复才更得体。换作平时，这要是一行题目，她连八百字的作文都写出来了，还能写得漂亮；可是现在，她的手指放在手机上点来点去，短短几个字打了又删，删了又打，还是犹豫不决。

她想，这样也好，"秒回"显得自己太"掉价儿"，就让他多等会儿吧。

她心里有点狡黠的小得意，殊不知曾是那些讨她欢心的追求者的小伎俩，如今风水轮流转，居然也落到了夏明月"女神"的头上。在爱情这件事上，好像也能说一句"天道好轮回"呢。

"在家陪爷爷奶奶，开心呀。你呢？"夏明月坐在沙发上，短短一行字，检查了一遍才发出去，她甚至会计较到每一个标点符号。

李航迅速回复道："我还在武汉，估计要在这边过年了。"也正因为是放假期间，忙碌的人才比平常多些空闲时间，可以停下来和喜欢的姑娘说说话。

夏明月对于李航的回复速度很满意，只是听了这回答又替他觉得可惜。中国人对家庭的观念非常看重，俗话说"有钱没钱，回家过年"，若是过年不回家那绝对是迫不得已，想来他也是很辛苦的。

"那怎么办，有人和你一起过年吗？"

她只是想确认李航会不会是"孤家寡人"的状态，替他忧心假期是否能够愉快度过。没想到李航立即用实际行动表示他并不孤单，并且成功地让夏明月不愉快起来。

李航直率地道："没关系啊，同学有些也不回去，孟勒、青青都不回去。要继续实验项目，时间紧，不能停，索性就留在学校过年了。"然后就发过来一张照片，左边是他自己，右边是微笑着靠近的温青青，左上角还有挤进镜头吐舌头的小胖子孟勒。

李航说："他俩也问你过年好呢！"

"过年好呀。"夏明月说完这句话，突然就没那么开心了。

她将腿一盘，整个人窝进沙发，感觉很是泄气，匆匆找借口结束了对话。然后，她将李航那仅有的几条可见的朋友圈翻来覆去又看了一遍，几乎每一条都有温青青的点赞或留言呢，还有李航和她的互动。女生的直觉让她相信，温青青绝对喜欢李航，而且是非常喜欢。

怎么办呢？

她不知道。

夏明月打了一个电话，发小们的友谊还是非常坚固的，即便忙碌如过年，也能随时叫几个人出来热闹一场。

那天，所有人都感觉到夏明月的情绪不太对劲。首先，她就不是爱张罗聚会的人，所以当听说是夏明月牵头小聚一下，因为好奇，能来的朋友都来了。其次，她不是奔放爱闹的人，那个晚上却当起了"麦霸"，从《太委屈》唱到《世界末日》，当包厢时间快结束了，还非要再唱两句"很爱很爱你，所以愿意，舍得让你，往更多幸福的地方飞去"。最后，破天荒地，夏明月在聚会上喝掉了一杯啤酒，菠萝味的。

她的放肆也仅止于此了。

回到家时，夏明月把自己关在房间里。所有人都在忙着自己认为重要的事情，没有人注意到这个小女孩的异常。只有奶奶察觉出了夏明月的情绪，进来看了看她。

"宝宝，怎么不高兴呢？和奶奶说说，你怎么啦？"奶奶走过来，关切地问道。

"奶奶。"夏明月忽地就委屈了，叫了一声，然后抱住奶奶撒娇道，"奶奶，你说我好不好？"

"好啊，月月怎么会不好，我的月月最好了。"奶奶摸摸她的头，一如疼爱孩童一般疼爱她。

夏明月叹了口气，惆怅道："奶奶，人要是永远长不大多好啊，我不想上学了，我想永远陪着爷爷和奶奶。"

奶奶抱着夏明月，轻轻拍着她的后背，慢悠悠地道："真是傻孩子。"

夏明月的话里自然是有几分为着李航的失落，但也有对于家庭和童年的眷恋。那样的快乐日子，任谁能够不去频频回首呢。她仍能想起幼儿园时奶奶接她放学的情景，那条小路那么短又那么长，奶奶替她拿着小书包，牵着她的小手慢慢地走，还会在路过的小商铺给她买棉花糖和好看的小发卡，有时候走得累了，小明月还会娇气地要奶奶背着，那时候的奶奶也年轻呢，背也挺得笔直……回想起来，那些画面朦胧如当时漫天的落日余晖。

最重要的是，那时候，不知道什么叫烦恼。吃到糖会笑，摔疼了会哭，永远简简单单，快乐和悲伤都不必遮掩。

可是，时间是无情的。日子过了，人总要长大，风雨散了，人总要远走。纵使家乡的一切令人难舍，假期过完，夏明月又要回到长沙，继续她未完成的大学生活。

或许这就是成长的意义吧，要先学会告别，才能迎来相逢。那么，她和他是否还能重逢呢？

思念与日俱增，并不会因为对方的表现而有动摇。夏明月开始怀疑，爱情到底是一个人的事情还是两个人的事情？她无从理解，便将这些感受化作了文字作品，让她笔下的主人公陪着她共同快乐、共同烦恼、共同思索，偶尔会发一些片段在朋友圈，希望某个人能够看到，或许他会给她一个解答。

相比夏明月更多地坦露心思，李航依然顽固如坚冰，让她找不到一丝缝隙窥得他的真实想法。都说"女人心，海底针"，可是面对李航这种男生，夏明月觉得那就是一根无形针，千百倍的努力都是白费。至于夏明月最想要的那个答案，自然也是迟迟不见回应。

真是神秘呢！夏明月忍不住吐槽他，可又坚定地相信，在她看不见的地方，李航一定在认真努力地生活着。他对待学业一丝不苟，他对待军事痴迷投入，他对待生活温良勇敢，正是这样的他深深吸引着夏明月，也让夏明月坚信他就是她一直以来寻找的那个人。那么，他对自己到底是否拥有同样的感情，反而不是最重要的了。

他在那里，才最重要。

她可以爱他，才最重要。

此时，李航对于夏明月来说，更像是一个信仰的图腾，一个理想的标杆。有时候，她把他当作自己的理想化身，那些她欣赏看重却很难拥有的品质，比如坚定的毅力和强大的自信，她通过爱慕他，而间接地接近乃至"拥有"了。虽然说起来有些荒谬，但也不失为爱情对人们的一个积极影响。

很长一段时间，尽管李航的行踪"神出鬼没"，但夏明月仍然坚持着自己的节奏，不时地在朋友圈展现自己的学习状态和生活感悟。而且，渐渐地，她也不再只为李航才这样做，因为她发现愿意和她认真交流的朋友还是很多的，那些人并不只是流于表面地想要和她搭话，而是在真诚地和她讨论文学、写作、生活。他们之中很多人未曾见过面，不知道夏明月的模样，只是从文学网站上慕名寻来的读者或作者，甚至有一些忘年交。

　　后来，这个存在于朋友圈的小小交流群里出现了一个熟悉的身影——李航。谁能想到，李航这个军校生偏偏对文学特别着迷，他说自己以前只敢默默地拜读，不敢班门弄斧地在她的文章下面发表评论，之后他尝试留言，发现夏明月每次都很真诚地和他交流，也让他这个小透明"粉丝"有了更进一步的勇气。再之后，每当夏明月发了新作品，他总会第一时间拜读捧场，有时候想说的话太多，干脆就和她在微信私聊里你一言我一语地交流起来。

　　两人礼貌而友好地保持着联系，不温不火不逾矩，联络的频率也没有一定模式，有时可以几天不说话，有时一次要聊两三个小时。也不知道从哪天开始，是谁的话题先越了界，他们不再局限于文学的讨论，而是开始向对方讲述自己的生活。李航会给夏明月讲一些自己在军校的见闻，也谈到自己的理想和规划；夏明月则会倾听，也说自己的故事给他听。这样自然而默契地进展着，两个人都觉得很轻松很愉快。

只是有时候，李航的时间紧张，无法立即回应她，又或者，两个人正是说得兴起，李航却突然被叫走了。面对这样突然的缺席，小姑娘不免有些委屈。也只有在这个时候，夏明月才会重新认识到，在她心里，李航再也不会只是普通朋友。

有所求，便会有所谓。人与人之间的牵绊一旦产生，是没有回头路可言的。纵是将来形同陌路，也是最熟悉的陌生人。只是那时候两个年轻人还都未曾深觉，也不知晓命运将带领他们走向怎样的轨道。

在这样频繁的互动中，夏明月更加了解到李航的性情和品质，他对理想的那份热忱，他身上散发出的自信、温柔和安定，都令她深深迷恋和向往。

渐渐地，夏明月也开始明白这样一个道理：**爱情，其实就是在找回自身缺失的那一部分灵魂。我们之所以会被一些人深深吸引，是因为对方身上具备我们渴望却不曾拥有的特质。**

没有人知道夏明月内心的胆怯和孤独。外人看来，她已经获得了世人渴望的所有：美貌、才智、财富、家世。可是，在她最需要父母陪伴的年纪，她的父母因为忙于工作而将她交给了爷爷奶奶养育，虽然隔辈更亲，但要求与需求都有本质区别，到底也是不一样的。再者，她那过早显露的卓越，在给予了她耀眼光环的同时也形成了无形的枷锁，令她以为只有保持优秀、不断优秀才有资格继续被爱、被夸赞。

她习惯了优秀，他人也习惯了她的优秀，再没人记起，在奔跑的路上，她也会感到疲惫与恐惧，就连她也忘记了该如何与人诉说内心的感受，渐渐地也就不再期待谁能理解她的不易，习惯了在人群中保持沉默。

可是，李航是不同的。从她见到他的第一面起，她就知道这个人是值得交往的，而且相似的成长背景令他可以理解她，他们是合拍的，在他面前，只是做自己就很舒服，这让夏明月一直紧绷的弦得以片刻放松。况且，他的身上还有那么多闪光点，像是可以填补自己内心的空缺，如此之契合。

在日复一日的分享与陪伴中，夏明月已经把李航当作了生活的支柱和未来的灯塔，每当心中迷茫、失去方向时，她就会想起李航，她想要朝着有他的方向努力奔跑，她坚信李航不会让她失望。

当人的内心拥有了足够的动力和信念，再枯燥的生活也会变得生动起来。夏明月每天仍旧是按部就班地学习、读书、创作，只有她自己知道，一切已然不同了。不知不觉中，她也变得更愿意与人交流和分享，肯将自己以往掩藏的那一面示于人前。随着作品的不断积累和曝光，她的文字也被更多的人知晓，不仅是在网络上，通过杂志和电台对其作品的展示，现实中也引起了师生的热切关注。人们不再只对她的外表感兴趣，也改变了一些人对于她"徒有其表"的偏见，关于她的话题也从八卦转向了文学，想要深入了解她的人越来越多。

当关注的目光多了，有了期待就有了压力。这一度令夏明月有些不习惯，甚至又萌生了退缩的念头。她仿佛又回到了高中时候被考试支配的紧张状态：虽然父母不曾对她明确要求什么，但她知道，只有自己做得优秀，忙碌的父母才会为她停驻一刻，表扬她，夸奖她，鼓励她下次做到更好。所以，为了这份关注和期待，她不能输，不能休息，还有，如他们告诉她的"不能浪费自己的天赋"，为了这句话，成就了好成绩，也偶尔难免坏情绪。

虽然夏明月没有亲口对他抱怨过学习生活，但是聪明如李航，还是从字里行间发现了这个女孩的精神变化。或者说，她正在经历的这些，李航也曾感同身受。

优秀对于有些人来说是目标上限，而对于他们这种背景的孩子来说就是最低要求。是环境赋予的压力，也是自我施加的压力。他曾经受困于此，最后也得益于此。

李航的父母都是军人，他从小被教育最多的便是一个中华男儿的家国责任与担当。十几岁的时候，他也曾像很多同龄人一样爱好上了音乐、文学和计算机，未来展现在他面前的选择很多，家族中同辈也不乏出国留学的，但是在他心中始终清晰地有着一条道路，那就是考中国军校，做中国军人。后来，毫无悬念地，高考填报志愿的时候他选择成为一名军校生，最终也如愿以偿来到了武汉海洋工程大学。

可是，军校生活远比他想象中要艰辛，坦白说，最初的日子里，他不是没有动摇过，但是，在重重压力和重重期望之下，他坚持下来了。他不允许自己退缩，他受过的教育和秉持的信念也不允许。在他的人生字典里，底色就是四个大字：从军报国。在这个凡事以金钱为中心的浮躁社会，这样的青春理想听上去不免不切实际，或者被人说是幼稚、"中二"，但它的的确确是李航的心中所想。他也自觉有些事情不必时时挂在嘴边，就像他在学校遇到的那些同窗，他们理解彼此，认同彼此，并一起为着同一个目标努力奋斗着，这就足够了。

更幸运的是，现在还有一个女孩子也是理解他的。他们在人群中，认出了自己的同类，并有幸结识。李航只希望，这样的珍贵情缘，相伴不止一程。

算起来，两个人从初见至今也有几个月的时间了，虽然仅仅见过两次面，但也丝毫没有生疏的感觉，反倒是在交往的过程中越来越默契。

每一次的休息时间，李航握着手机，第一件事情就是打开微信，查看那个美少女战士头像的对话框。有时候，夏明月会给他留言，也许是回复他的上一条消息，也许是发来她的一些见闻，他们好似互联网时代的"笔友"，却又不仅仅限于普通朋友。

至少，李航从不认为他们只是普通朋友。虽然夏明月总是认为李航惜字如金，但是他和她说的话，比他和任何一个女生说的都要多。他对她，不仅有倾诉欲，还有分享欲，那些从不轻易坦露的情绪，那些极少在人前提及的个人生活，他也会希望她能倾听能理解。他希望，自己在她面前是与众不同的。

李航自己也觉得不可思议，明明只是看到一个微信头像而已，也能让他的心情瞬间好起来。有时候，想象着头像背后那女孩的可爱笑容，似乎疲累也消散大半。他越来越喜欢和她说话，也越来越害怕和她说话。去年的惊艳相遇，让他始终无法忘怀，可是他们的距离太远了，他们也太年轻，有些承诺若是轻许，在他看来，便是对爱情的不负责任。

李航希望能够慢慢了解她，也希望夏明月可以慢慢走近自己。他有耐心，也有信心。所以，他的关心总是恰到好处，他的试探总是小心翼翼，他愿意像那个深情的爱尔兰诗人一样，在遥远的无法触碰的时日，将她化作心中的骄矜玫瑰，寄托他深埋的思念与爱意。

"今天武汉很热啊，长沙怎么样？"一如往常，李航从训练场回来之后，第一时间翻开手机，找到那个置顶对话框，自然地抛出一个话题。

很快，那边就有了回音，夏明月说："长沙在下雨。"

李航回应道："那要小心一点，换季的时候最容易感冒了。"

"嗯嗯，你也是。"

其实，夏明月的言语有时候不温不火的，换个人可能就打退堂鼓了，可是李航不以为意。他只想着她的好，也愿意和她更好，即便是"嗯""啊""哦"这样敷衍的回复，也能让李航回忆起小姑娘乖巧可爱的模样，心里就像被春风拂过的池水一样，柔情也荡漾。

他又说："今天有没有什么开心的事情和我分享啊？"

夏明月犹豫了一下，还是说道："那不开心的事情可以分享吗？"

"嗯？"李航坐了起来，心中一沉，立马精神紧张起来。他的小姑娘还从没和他说过这样的话，所以很难让他不担心呢。

夏明月发了一个撇嘴的表情包，诉说着："我朋友本来说三月份回国，大家一起去武汉看樱花，但是现在改期了，她要十月份才能回来。"

"嗯？"李航没想到，原来她的不开心只是因为这个啊，幸好幸好。

"我觉得有点可惜呢，本来以为可以去看樱花了。"

"但是你还可以来啊，随时来，不必等半年，到了武汉来找我就可以了。"

"可是和别人约好的，那肯定要等的，怎么能一个人先去！"

"好吧。"

忽然之间，不开心的那个人好像换成了李航。

夏明月察觉到了李航的情绪变化，反倒因为他的不开心而开心起来。她觉得自己有点"坏"，可她很快就原谅了自己，顺便也替李航原谅了自己。

这时候，沫沫恰好从她床边经过，看到她那奇奇怪怪的表情便问了一句："明月，做什么美梦呢，都笑出声啦！"

"啊？没有啦。"夏明月拉上被子，并不打算和谁分享她的小秘密。她能感觉到和李航之间的距离在不断拉近，这令她十分欣喜。

她还不能确定两个人到底属于什么关系。但是，她想，他们的关系……有点特殊。

然而，这样的快乐并没有持续太久，很快就发生了一件真正令人无法开心的事情。

夏明月的作品在更多的场合被提及，随之也为她招来了一些负面评价。一些并非善意的发言开始在校园论坛流传，那些人不仅质疑她的成绩，还上升到对她本人的攻击，从否定她的文学水平到否定她的人品，甚至恶意揣测她的家庭背景给她开启了"方便之门"，导致了有失公允的结果。

当毫无根据的恶意评价像潮水一样涌来，夏明月才发现自己没有丝毫退避的空间和防御的能力。因为，她根本就没想过这个世界上存在着这样一些因嫉恨而攻击、因热闹而起哄的人们。

在此之前，她只知道写作者最大的烦恼是无法完成作品，却不知道原来在作品之外需要处理的事情是这样繁杂。这就是成年人的社会吗？是她必须面对的局面？对此，夏明月还不足够了解，就被迫卷入了这场恶意的舆论风波。

最开始，只是网络蔓延的流言蜚语，但事态逐渐不受控制。夏明月发现，好像真的有一股力量在和她较劲，在看不见的地方，等待着她跌入陷阱。她有些害怕，但她没有和任何人诉说：一是她不敢，她怕自己的紧张被当作过分敏感的小题大做；二是她不愿，那些关心她的人只会为她担心、不关心她的人自然不感兴趣。如此一来，也就没了诉说的必要。

她选择独自忍受着，甚至连每天都会联系的李航也未透露半句。除了怕他担心，她也是存有一点私心的。那样一个阳光的大男孩，喜欢的也一定是永远浅笑吟吟的温柔的百合花一样的女孩子吧。比如，李航就曾无意中说起过，虽然学业压力经常让他们难以喘息，但他从未见温青青有过任何抱怨和不满的时刻，令他觉得十分佩服。

所以，夏明月也选择不将自己低沉阴霾的一面展现给他。她也想做他心目中幸福快乐的象征，让他一想到她就会开心，即使她真的很难过，很需要他，但也为了他，她选择独自忍受。

夏明月本想等着事情自然平息，她以为只要自己不做回应，那些攻击她的人就会因为兴趣减退，然后自动放弃。然而没过几天，一波未平一波又起。

一堂专业课后，夏明月突然被任课老师叫去办公室，质问她为什么没交期末作业，而这是要折算成期末成绩的很重要的一项作业。夏明月站在办公桌旁边，被问得莫名其妙，虽然她有时候会逃课去图书馆，但她还是分得清轻重的，怎么会把如此重要的事情当作儿戏呢。可是，作为全班唯一没有交作业的学生，又是平时看上去乖乖巧巧的女孩子，也难怪老师会这样生气。

"可是，我真的交了啊。"夏明月有些焦急，除了这一句事实，也不知还能如何分辩。

"怎么证明？"老师仍在生气，一脸严肃地瞪着她。

"我交给班里学委的，她可以证明。"夏明月有口难言，仍然觉得其中一定有误会。

而当老师把女学委叫来问话的时候，夏明月才明白，是她把事情想简单了。她记得，那是一个中午，她和其他人一样，将作业打印出来放到了学委的课桌上，当时学委也在场，因为两个人同时入选了学校的诗歌朗诵大赛，她们为此还说了几句话。可是，此时此地，学委却一口否认曾见到夏明月来交作业，还说："大家都是陆续交给我的，没有登记，但是只要交来的我都收好了，不可能落下一本。"

　　说出这样的话，分明就是不愿意给夏明月作证了。但是，为什么？就因为那场诗歌比赛自己把她淘汰出局了吗？她不愿意这样揣测自己的同学，她宁愿相信这个女生是真的忘记了那天的事情，所以才不能为她作证。

　　莫名的冤屈让夏明月心里很难受，也很无奈。明明她什么也没有做错，可是老师不愿意信任她，同学也不愿意帮助她，难道真是她的问题吗？还是说，那些流言蜚语真的听进了一些人的耳朵，让他们也对自己"另眼相看"？

　　好在头脑还算镇定清醒，事情不是不能解决。夏明月没再进行无意义的强行辩解，而是倔强地咽下委屈，把手机的微信记录翻出来。那里存有她完成作业时从电脑上传到手机的记录，当时找不到 U 盘才借用手机做中转站，再拿去打印店打出纸稿，没想到却成为今天自证清白的证据。

　　"这是作业的电子稿，这里有文件日期，我还有那天去打印店的付款记录。"夏明月知道自己已经洗刷了冤屈，但内心依然无法平静，只好强力克制声音的颤抖，好让自己看上去并没有那么软弱可欺。

原来自我保护的滋味竟然不是欢喜，而是委屈。

"好了。"老师瞥了学委一眼，替那学生找了台阶，"就你们班事情多，几本作业都理不清楚，期末了，少给我找麻烦好不好？"

事情仓促解决，那本消失的作业也成了无人关心的悬案。**这件小事甚至不会被当作学生之间的谈资，只有当事人的情绪被长久影响着，难以排解。**

夏明月都不记得那天是如何度过的，她只记得自己没有哭，虽然很难过，但她已经是大人了不是吗？她想，她也是可以独自处理好这一切的吧，她才不是那些人口中说的什么靠着家里背景上位的娇气小公主。**虽然不必证明给他人看，但她一定会证明给自己知晓。**

等到夜里，躺在宿舍床上，夏明月下意识地翻出手机，反复看着相册里那张明朗的笑脸，那还是李航在校园篮球赛场上的一张自拍，那天他的队伍赢了比赛，兴奋之余拍下了当时赛场的画面，为了让夏明月也替他高兴高兴。

夏明月将照片保存在了手机相册里，这也成了她最喜欢的一张图片。李航的笑容总是那样感染人，仿佛有魔力一般，可以帮助她驱散心中不快。她喜欢他的笑，喜欢他和她说话时候的语调，喜欢他叫她名字的发音吐字……她想，她是喜欢着他的一切吧，多想他能陪在身边呢，他一定能像马里奥兄弟解救公主一样，替她打跑怪兽。可是，这一切什么时候才能真的实现呢？

不知为何，今天夏明月看着那张照片，忽然就难过了起来。看他笑得越开心，她就越想流眼泪，后来索性不再看了。她在手机上打开一张空白页，在手机上寥寥几笔就画好了一张小画儿：一个小人儿，抱膝坐在树下，孤零零地，乌云遮住了大半个太阳。然后，又配上一个失落的表情，将小画儿发到了朋友圈。

　　只是宣泄，没有期待任何人的理解，那个人却在第一时间留下了一行字。

　　李航对她说："你是最棒的。"

　　他怎么会知道？他怎么会知道。夏明月放下手机，闭上眼睛，那一刻，她想了很多，又好像什么都没想，完完全全沉浸在李航带给她的真实感受里。就像被带进了一个陌生领域，她对此地毫不知情，却有一种莫名的安心，她知道，至少这地方是善意的，她是安全的、受欢迎的，所以她愿意在此停驻，并不急着逃离。

　　夏明月想，人与人之间若真讲究缘分，那么她和李航便是最好的证明。如果不是李航的出现，面对这样的困难境遇，她大概真的会瞬间崩溃吧，可是由于李航的存在，说她为他逞强也好，为他坚强也好，总之，她真的撑过去了。

　　她想起从书中看到的一句话，是王小波写给他的爱人李银河的情话："当我跨过沉沦的一切，向永恒开战的时候，你是我的军旗。"

　　她信任他，不需要任何理由，从开始到现在，未来也应是如此。

在他这里，她永远是被偏爱的，她是他的例外。

第 四 章

吃
醋
了

日子一天天过，平静已是岁月恩典。夏明月没想到，自己才十八岁，已经会发出如此感慨了，唉，也怪不得偶尔会有读者猜测她是一位有故事的上了年纪的作者。**所以，那些快乐或不快乐的事情，对于搞创作的人来说并不能单纯地评价得失，回首往事，都是丰富的人生经历罢了。**

不论事实是否如此，总之，这样想想，反倒容易开解自己。夏明月不是一个死板的爱钻牛角尖的人，她也懂得人生需要轻装上阵的道理，只是真正能做到不被情绪困扰不是那么容易。

等到金秋十月，终于传来了一个好消息：远在异国的朋友小森如约回来了。夏明月很高兴，并答应小森会尽快安排好时间，然后立即动身去武汉找她赴约。要知道，她们已经整整两年没见了，小森是她最好的朋友，是她唯一可以倾诉所有的人，当然，除了那个被放在心底的还不能触碰的小秘密。

为了这场去武汉的约定，夏明月已经等待了太久，准备了太久。毫无疑问，她是藏有私心的，不只是为了去见小森，更是因为她所思念的人在那里，她的心在那里。

人们说，因为一个人，爱上一座城。无数个时刻，她的心都牵系着那个未曾到过的地方。她很想去李航学习生活的地方走走转转，不为别的，只是吹他吹过的轻风，看他看过他的风景，那该是多么浪漫的事。而且，李航也在他们的交谈中提及过几次，盛情邀请她来武汉玩，并保证自己会像鹿城时候那样做好陪同。但是，出乎意料地，夏明月首次的武汉之行并没有告诉李航。

　　为了挤出更多的旅行时间，她买了周五的晚班机，路程并不算太辛苦，而且一到接机口就见到了小森和她的传奇男朋友。小森没有变化，穿着鲜艳又大胆，仍旧是一身时尚辣妹打扮，永远走在潮流最前端，所以在人群中一眼就能注意到她。而她旁边的男生高高大大斯斯文文，一副金丝眼镜看上去既有学识又有涵养，和小森完全是两个极端类型，但看两个人连体婴一般的姿态，想必那就是传说中小森的男朋友了。

　　小森活泼外向，一点也不掩饰对男朋友的喜爱，那男生安安静静的，话不算多，但看得出来很听小森的话。那天的三人餐桌上，夏明月被这两个人秀了一脸恩爱，又被迫听了一遍他们的爱情故事，什么先是男生打错了电话，什么又是男生提出能不能加个微信，什么后来是男生追到了大洋彼岸，总之，不离奇但传奇，直到夏明月答应会为小森把她的故事写下来印成书告诉这个世界上的每一个人，才让小森觉得稍微满意了。

　　做了一整晚的"电灯泡"，但夏明月依然感到很愉快，因为好朋友开心，她也会觉得开心。一顿饭吃到晚上十一点，两个女孩还意犹未尽，还是在小森男朋友的提醒下，小森才依依不舍地将夏明月护送进了酒店。这是夏明月自己选择的地点，距离李航的学校并不远。

夜晚星空点点，空气中有了淡淡凉意，夏明月抱着靠枕，静静地坐在房间窗台上，从高楼眺望着这座城市的车水马龙，想象着人群中某一个身影会是谁的企盼，又有着怎样的生活经历。这是她非常热衷的游戏，好比由一个点联想到一幅画，任由思绪飞扬，构筑着心中的幻想，然后等待时机成熟，它们就会落在她的笔端，再变成铅字，让更多的人一起分享这些动人故事。

从小到大，她读过太多故事，也亲眼见过一些故事，或凭空想象了不少故事，可是唯独这次，她搞不懂故事的走向和结局，只是因为这一次事关自己。

夏明月想到李航就在隔壁的大学，心里忽然多了一些暖意。实际上，她出行前的心情并不是太好，这也是她不愿意将自己的武汉之行告诉李航的缘故之一，她希望自己每一次见到李航都是最好的状态，她不希望给李航留下哪怕一丝负面印象。说是她追求完美的性格也好，说是她把李航看得太重要也对，反正注定这是一次带着遗憾的出行。

她未曾对李航提起的心事是一起轰动一时的校园风波。

自从那次丢作业事件之后，夏明月更低调了，可以说又回到了当初略显自闭的状态，在校园里独来独往，在人群中言语不多。她以为这样就可以保护自己不受打扰，谁知那些在网上攻击她的人仍不肯罢休。

在一次中文系公开课上，夏明月被老师选定为学生代表上台汇报，明明是值得骄傲的事情，可是除了任课老师和她自己，似乎没有人替她感到开心。一些学生在校园"贴吧"里对她议论纷纷，说她贿赂老师，说她水平太差，甚至有人专门抓拍她的"丑照"，然后起些危言耸听的标题如"揭底文艺女神夏明月的真面目"，搞得沸沸扬扬，"贴吧"仿佛炸开了锅。

事件发酵之后，那些掩藏在网络背后的狰狞面孔越来越放肆，从阴阳怪气的品评，直接变成了恶意的诅咒。夏明月看着那些夸张冷血的网暴言论，双手止不住地颤抖，只看了一半就不得不关闭了页面。也有站出来帮她说话的同学，但基本上一发言，就被那些阴暗的宣泄式的发言淹没。还有一些好心却帮了倒忙的事情，比如"篮球男神"程瑞安用自己的"官方"大号指出网暴者的不耻行径，反而让夏明月遭受更加猛烈的攻击，那些被嫉恨冲昏头脑的人，不惜用最污秽的语言来描述一个女孩子的品格。

这次"丑照"事件的影响远远不只限于中南大学的校内网，还惊动了隔壁学校的好事之人来掺和。在不明真相的情况下，陌生的 ID 大肆公开讨论夏明月的事情，甚至有人专门跑到中南大学一睹"网红"风采，干起了偷拍的勾当。

夏明月并不是公众人物，哪里受得了这种规格的恶意围观，那几天都是帽子口罩齐上阵，可是心里的难过又该如何遮掩呢？程瑞安倒是找过她一次，但是他们当时并不算相熟，那种状态下的夏明月也没有兴致和他讨论更多，总之那些安慰人的话，夏明月自己也可以说出一大堆，但伤痕是确确实实存在的，大概只能由时间来平复了吧。

她无意挑起纷争，只想尽快息事宁人，所以没有将事情告诉老师和家长，只是自己默默地消化着，劝自己将分内之事做好，至于其他的就任由它去吧，时间总会证明一切。直到好友小森发来去武汉游玩的邀请，夏明月才觉得生活出现了一点点阳光，也让她有了暂时逃离的理由。

刚刚经历这一场网暴风波的夏明月，可不想苦巴巴地出现在李航面前，她怕见到他就会忍不住哭出来。李航夸过她是天真快乐的小天使呢，所以天使怎么能哭丧丧的呢？

她是坚强的夏明月，她是快乐的夏明月，她是被期待的夏明月。

可是，她真的很难过。尤其是今晚，在离他不远的地方，思念着他，却不能靠近他。

"睡了吗？"在这个注定难眠的夜晚，夏明月第一次主动找到李航诉说心事，没人知道，轻轻的三个字承载了重重的勇气。

"没呢，怎么啦？"李航几乎是"秒回"，似乎还有一些兴奋的期待。

夏明月思索片刻，然后挑了一件伤害性最小的事情——有人说她的成绩全是凭借家世——用简单几句话向"好朋友"李航抱怨了一下。只是说到后来，她的情绪明显有些激动，大段大段的文字发了过去，一时难以控制，心中的委屈一股脑儿就倾泻了出来。

李航沉默看着，等她全部说完，他快速回复了几个字："现在接电话方便吗？"

夏明月答了一个"嗯"字，微信语音就响了起来。

这是在鹿城分别之后，第一次听到李航的声音，天知道他们都在躲避什么，有时候仿佛彼此已经非常熟悉，有时候又仿佛和陌生人没什么不同。

两个笨拙的小爱人，一路晃晃悠悠，一路磕磕绊绊，没有人为他们指出问题所在，就像有着上帝视角的读者无法为故事中的主人公点明方向。

只是这次，在夏明月难得的"求助"之下，李航希望夏明月能够明白，他并不是"别人"，而是她可以信赖、可以依靠、可以麻烦的人。为了她，他甘之如饴。

夜凉如水，晚风温柔。李航的声音低沉稳健，轻声讲话的时候总是让人感觉很安心。情绪过后，夏明月忽然像泄了气的皮球，她瘫坐在沙发上，房间没有开灯，只有窗外的月亮将房间照出了一个朦胧轮廓。其实，她根本没有听清李航讲了些什么，她知道他在试图安慰她，可他不知道，仅仅是这样的一个电话，仅仅是在这样情绪崩溃的夜晚听到他的声音，有着他踏实的陪伴，已经是对女孩最好的安慰。

实际上，李航讲了一个自己的故事。他刚进学校的时候，因为入学成绩名列前茅，身体素质十分优异，被老师指定为班长。本是一件平常小事，却在同学群里引起了一场舆论风波，大家都说他能得到这样的提拔是缘于他背后的那个军人世家。李航说，他听到这样的话，却不觉得十分气愤。出身军人世家，对他来说是一种荣耀，而不是需要遮掩的污点。于是，在开学的自我介绍中，他特意主动提起自己的家庭，说了自己的父亲和母亲都在海军服役，而这正是他军人情怀的根源，也是他一直以来的人生理想，他将以此激励自己，在大学更好地努力奋斗。而在之后的学习训练中，他也是说到做到，正因为是军人的后代才要更好地约束自己磨砺自己，最终，当所有人看到他实打实的成绩，那些流言也就自动消失了。

李航不知道自己的这段经历是否能够让夏明月得到一些安慰，他很怕自己说错话而让小姑娘更加难过，因为当他说完这番话，电话那头沉默了太久。

"别难过了好吗？"

"嗯。"

他想说，他真的心疼了。可是按照目前的学期计划，他根本无法申请休假去长沙看望她。

"要不要来武汉玩？"李航轻轻问道，很希望她能够答应。

"谢谢，不了呢。"夏明月的声音还是很低落。

"你那个朋友呢，要回国那个，你不是要和她一起来吗？"李航追问道。

夏明月没想到时隔半年，他居然还记得当初她的一句闲谈。

"小森吗，计划有变呢。还有，我这段时间挺忙的，即使她回来，我也走不开。"夏明月一口气说了出来，在心里默默叹气，因为她对李航撒了一个小小的谎。

"好吧。"李航也叹了一口气，说道，"那你什么时候有空来看我？"

"啊？"夏明月有些错愕，因为这话多少带了几分暧昧，尤其是在秋风飘荡的武汉的夜。

"我说，你打算什么时候来武汉看花？"

"樱花不是三月份的吗，早都开过了？"

"谁说的，还有明年啊，再说武汉又不是只有樱花，现在桂花也很美，你想来看看吗？"

多年后，李航告诉夏明月，其实那天他想说的是："我想和你一起走在武汉鲜花盛开的大街上，我们一起晒晒太阳，吹吹风，因为这人间很美，你很美，我们在一起会很幸福。"

只是，在那时的李航看来，如此亲昵的话语只适合留在心里。

然而，回过头看，这一晚仍是两个人关系的一个转折点。经过这场主动倾诉，夏明月和李航的距离突然近了很多。夏明月终于知道，原来她也可以在他面前流露脆弱，她可以不是一百分，她可以不是永远热情活泼，因为李航用实际行动告诉了她，夏明月在他这里永远是被偏爱的，她是他的例外。

这一晚过后，夏明月的心情好了很多。就连小森也看得出来，夏明月的状态明显和昨天不一样了。

"哎，我怎么觉得这次回来，你和以前不太一样了？"小森有点疑惑。

"哪里不一样？"夏明月被她问得也很疑惑。

"我觉得你有事瞒着我。你变得不老实了。"小森坚信自己的直觉。

"噗。"夏明月差点把饮料喷出来，"是，是，是，我瞒着你，我想最后一天自由行可不可以呀，放我一天假不做电灯泡可不可以呀？"

小森八卦之魂燃烧起来了，追问着："你要去见谁吗？"

"只是我自己啦。"夏明月坦诚地道。

于是，和小森他们一起愉快地逛了两天之后，等到假期的最后一天，夏明月终于可以一个人在武汉的街头走一走了。

浓郁的桂花香气飘在这座城市的大街小巷，阳光耀眼，秋风不燥，夏明月漫无目的地游走着，远远地看着对面的人群向她走来，穿插而行，混入其中，很快地，就连情绪也淹没在了芸芸众生之中，这种感觉其实相当不错。

每走过一家小店，夏明月都会幻想李航是不是也来过这里。傍晚时分，当她走进李航学校附近的一家小吃店，忽然想起曾经在他的朋友圈看到过这家的招牌，啤酒和烧烤是这里的宵夜特色，如今在她眼前展现的画面和李航拍的那张差不多，简易装修的小店看上去已经有了年头，老旧的桌椅显得有些拥挤，食客基本是周边大学的年轻人，对待环境并不挑剔，呼朋唤友，青春肆意。

因为夏明月是一个人来的，气质也和本地人截然不同，所以从她进到店里的一刻就格外引人注目。她找了一个角落的位置坐好，按照招牌菜品的提示点了一碗小面和一瓶饮料，正在等餐之际，隔壁桌那帮闹哄哄的年轻人里有个女孩走了过来，大方地对夏明月说道："小姐姐，你一个人吗，要不要和我们一起呀？"

有些莫名，但夏明月看着隔壁桌那四五个男孩女孩，猜测他们是周边的大学生，而且几个人都是笑得一脸调皮，看上去快乐又热情。

"好呀！"陌生的地方总是令人生出别样情绪，也有了不做自己的理由。夏明月似乎也被热情的气氛感染了，这回没有拒绝陌生人的邀请。

主宾甚是愉快，交谈之中，夏明月得知这些人正是武汉海洋工程大学的学生，也就是李航的学弟学妹。爱屋及乌，夏明月变得主动而健谈起来。到了分享环节，破天荒地，她给他们讲起了自己的故事，讲自己曾在一年多前在鹿城遇见的那个男孩，讲他的模样，讲他的优秀，还有他在自己心中的分量，除了没有透露他的学校和姓名，其他也算讲得七七八八，把两个人的事情说了个明白。

夜色温柔，灯光昏黄，年轻人都喝了一点啤酒，夏明月也喝了一小杯，也许是酒精的缘故，让她的讲述听上去格外动情。慢慢地，大家都放下了手头的事情，安静地听她讲着那两次甜蜜相遇和之后数不清的对话交谈。

直到这时，夏明月才发现自己竟然将一切细节记得那样清楚，与他的一点一滴都像刻在了记忆里，每回味一次就加深一次。不知不觉中，原来已经把他看得那么重要了吗？

　　"美女姐姐，你要勇敢一点啊，他也喜欢你的！"那个邀请夏明月的女孩说道，语气焦急，大有替两个互相暗恋的人未能在一起而感到遗憾。

　　可是，这样的话，夏明月也在心里对自己说过，到头来还是欠了那么一点点勇气。她偷偷翻开手机里他的照片，想要找寻答案，却仍然不知道那一点点勇气该从何处补来。

　　散场之后，回到酒店，还没等她躺到床上，李航的语音电话就早早打了过来。他兴致勃勃地说，今天发生了一件好玩的事情。夏明月追问是什么事情，李航就发来一张微信对话截图。

　　对话栏上面的好友备注名是温青青。原来，她对李航说，今天在学校附近的礼品店看到了一个人，长得特别像在鹿城结识的那个小姑娘。李航问，是夏明月吗，那你一定看错了，她在长沙。温青青就说，或许吧，好看的人都长得差不多。

　　在这对话的之前和之后，他们还有一些零散的对话，截图不是完整版，但看上去两个人很熟络的样子，完全没有客套的开场白，绝对是熟人语气。而且，夏明月还注意到，温青青对李航的称呼竟是"发发"。

　　"为什么她叫你'发发'？"夏明月不解地道，摇晃着手机，并且顺利将自己摇晃到了宽大的单人沙发里，像委屈的小猫咪一样蜷缩了起来。

"哈，你这个小姑娘，关注点还真是奇怪。"李航不在意地说道，"有一次我妈给我打电话，我有事情在忙，按的是免提，然后我的小名就被这群小鬼听去了，哈哈。"

　　夏明月在心里哼了一声，然后怪怪地说道："好的吧，发发。"

　　"但是你不许叫！"李航立马补充道。

　　"为什么？"夏明月不忿地道。

　　"不礼貌，你是小朋友。"李航觉得这个理由不错。

　　"我不是小朋友，我早都成年了，发发。"夏明月就差对他翻白眼了。

　　李航觉得今天的夏明月特别调皮，好像是故意在和他作对一样，可他又哪里知道，夏明月小朋友是在吃醋呢。

　　可是，经过了之前的郁闷倾诉，今晚看她心情好了起来，自己的心情竟然也不错。

　　只听李航在电话那头哈哈大笑两声，然后说道："不许调皮，你就是八十岁了，在我面前也是小朋友，也要叫我一声'哥哥'，要有礼貌知道吗？"

　　"好的呢，发发哥哥。"夏明月觉得自己就是吃醋了。凭什么别的女生可以那样亲切地叫他的小名，却不让自己叫？她偏偏也要这样叫他，她还不允许别人这样叫他，哼。

　　刚刚那一小杯酒精不足以让夏明月晕眩，但今晚的月亮让她格外心动。

她想，或许她也可以不那么端着，她也可以放松一点，乃至放肆一点。

"发发，你有空的话，就来长沙看我吧？"

"你好好说话，我就答应你。"

"那你不想来看看我吗？"

"想……"

后面的对话，夏明月就记不太清了，她实在太困了，她只记得自己闭上眼睛的时候，李航好像还在说话。不知道他又说了什么，只知道他答应了自己，有空会来长沙找她。

对于夏明月来说，有了这句话，便足够了。

在武汉短暂地停留了四天，夏明月和小森一起回到了长沙，可怜小森的男朋友还要留在武汉上课，好不容易相见的小情侣又成了分飞燕。可能生活就是这样无奈吧。

回到学校，一切又恢复如常。那些好与不好都成了过眼云烟，仿佛没发生过一样，只要心里没有牵连，便是不着痕迹。忙于每天两点一线的学习和创作，已经占去了夏明月大半的时间，有些紧要的专业课实在是耗费心神，可又不得不为之付出时间与精力。好在还有来自武汉的关心和问候，就像日出一样从不爽约。

虽然学业比她忙上十倍，但李航很喜欢听那个小女孩叽叽喳喳地和自己分享她的世界。虽然不能真的陪在她的身边，但是通过这样的方式，也算参与了她的生活。

这让彼此都很开心。

而夏明月最近的烦恼是关于戏剧社的事情。她报名参加学校的戏剧社，初心是想尝试做编剧，因为她的心里积攒了太多小故事，想要试试用另一种方式来讲述。然而，不知出于什么缘故，社团的老师极力鼓励夏明月报名演员组。盛情难却，夏明月只好在做编剧的同时，担当起了"兼职女演员"。

她第一个想写的是一个关于暗恋的故事。男女主角在陌生的城市相遇，一面之缘后，双方念念不忘，但没有任何约定，直到两年后，两个人分别从不同的地方又回来这里，故地重游，再次邂逅让他们相信缘分天定，互相剖白真情之后终于决定在一起。

夏明月最想分享故事的人当然是李航，可是又怕这样的故事会暴露自己的心事，所以只好换个不相干的朋友来说一说。

程瑞安自愿担当夏编剧的忠实"粉丝"，毛遂自荐，以一己之力承担起了这个重任。说来也令夏明月感到不解，一个高高壮壮的体育生，居然也会痴迷文学，听说在繁重的训练之余，程瑞安甚至会跑到校园人工湖旁的座椅上看书。这真的不太符合人们对于体育生的印象。

开始的时候，夏明月还以为这位篮球男神在做作地耍帅，后来一次两次地偶遇他，在两个人有过那么一次深入的交谈之后，她发现程瑞安是真心地喜爱文学，也就乐意和他为伴，一起阅读，一起讨论，夏明月还总是鼓励程瑞安也尝试创作，可是程瑞安推托自己没有那个天赋，做一个欣赏者就很好。

　　虽然确实有着不错的天赋，夏明月在创作剧本的过程中也并不是一帆风顺的。比如，她努力寻找那种自然的对话感觉，但是写出来总是有些别扭，显得文绉绉的，不够生活化，也不够有人物特性。程瑞安提议说，不然他们来分饰角色进行对话吧，写出来和念出来的感觉不一样，也许可以帮助夏编剧找到正确的方向。

　　夏明月看着这个两米高的大男孩，忍不住笑道："不错嘛，很有头脑啊，小伙子。"

　　程瑞安卷起剧本，轻轻敲了敲夏明月的小脑袋："别和我装大哦，叫哥哥。"

　　夏明月脱口而出："为什么你们男生都这么喜欢充大哥？"

　　"你们？"程瑞安撇了撇嘴巴，似乎有些不满地道，"'你们'是谁啊？"

　　夏明月没听出那话里的深意，不以为意地回答："你们就是你们男生呗。"

　　她自己别无他想，便认为对方也是同样。一向如此。

　　程瑞安又敲了一下她的脑袋，只得自己找台阶，假装催促着："抓紧时间，我档期很满的。"

　　人工湖的四周十分安静，虽然不时也有前来散步的人们，却好像怕惊扰了那里的天鹅似的，来往之间都是悄声细语。

夏明月和程瑞安坐在树下，一遍遍揣摩着台词对话，夏明月拿着笔，有了灵感就现场记录，眼睛未曾从纸本上离开。程瑞安就那样看着她，在夏明月不曾注意的时刻，他的目光是那样虔诚而温柔，像是在欣赏一件珍爱的艺术品。

　　随着演出的时间越来越近，两个人的练习也越来越频繁。有一次，不知不觉的，天都擦黑了，他们还在意犹未尽地打磨剧本。虽然程瑞安注意到了时间，可他说服自己，夏明月还没有完成任务呢，那自己既然答应了陪她练习，就应当陪她到底，所以也不提醒时间。

　　叮！微信弹出了消息。夏明月这才恍然天色将晚，自然而然也就想到了那是谁。

　　她开心地拿起手机一看，果然是李航。

　　"在干吗？"

　　"改剧本呢。"

　　"嗯？"

　　"我没和你说吗，我在尝试写剧本。"

　　"这么棒的吗？但你确实没和我说。"李航顿了顿，又道，"那你为什么不和我说，嗯？"

　　这话问得倒是很有意思，夏明月在心里笑他，回答说："又没规定我什么都要告诉你。"

　　李航霸道极了："那我现在正式通知你，以后你的一切我都要第一时间知晓。"

夏明月发过去一个吐舌头的搞怪表情，然后说道："等我回去再和你说吧，现在在外面，别人还等着我呢。"

结果到了晚上，夏明月终于见识到了什么叫吃醋的男人。

当李航得知夏明月当时正在和什么"篮球男神"在湖边树下念着言情对白，一颗心简直都要暴跳出来，只听他连连叹了两回气，然后命令夏明月必须端正地坐起来听他接下来的讲话。

夏明月被他搞得莫名其妙，但还是依照他的话做了。她觉得这样的自己也很莫名其妙。

李航沉了声音，对夏明月严肃地说道："你听好，以后天黑之前必须回宿舍，准时向我报到，绝对不许超过十点。注意安全知道吗？保护好自己知道吗？"

夏明月听他简直要气急败坏了，不仅不恼怒，反而觉得很有意思。于是，她一边笑一边回应道："我为什么要听你的？"

李航简直要生气了，但还是尽量平和地说道："因为你是小朋友，小朋友就要听话。"

夏明月哈哈大笑，躺到床上，将手机放到一边，听着那边传来的粗重呼吸声，猜测着他显然是真的生气了，于是一字一字地问道："我是谁的小朋友？"

李航说："你是我的小朋友。"

后来，戏剧社的那场演出办得很是成功。虽然是第一次做编剧，也是第一次登台表演，但是夏明月近乎完美地完成了任务。除了她自己的努力，重要的还有程瑞安的鼎力相助，陪在左右辅助练习，还有演出前化身义务宣传员，披着"马甲"为剧目在网络奔走，不仅召集起了本校的师生，还将宣传外延到了附近的几所大学。当大家在舞台上看到那场网暴风波的女主角夏明月落落大方的现场表现，曾经那些"走后门""作弊""丑照"等谣言不攻自破。至少，那些不明真相的人们再也不会被恶意的人随意挑动情绪，而无端对她发起攻击。在李航的建议下，夏明月还趁着事件热度在校园杂志发表了一篇匿名文章，不是为她自己辩解出气，而是真心地呼吁大家警惕校园网暴的危害性，不要再让任何一个学生遭遇这样的厄运。

　　通过这件事，夏明月也终于明白，**针对那些故意伤害，最好的方法不是躲让，而是正确地迎面还击**。她感谢李航给了她勇气，也感谢程瑞安给了她陪伴，是这两个人共同给她上了一课，带着她成长，让她有资本重新站回阳光里，并且不再畏惧风雨的洗礼。

海 上 升 明 月

思念或许有起伏，但是不会中断。

第 五 章

台 湾 一 年

时光改变了人们的模样，也改变了生活的轨迹。

在夏明月与李航的关系逐渐升华的时候，她的学业迎来了一个重大转变。大二下学期即将结束之际，中南大学文学院发布了一个令人振奋的公告，学校正式宣布了公派台湾交流学习的项目，交换时间为期一年，友校是台湾辅仁大学。

几乎没有犹豫，也没和任何人商量，夏明月第一时间将申请递交了上去。她们"90后"这代人，从小受港台文化影响颇深，加之她本身爱好文学的缘故，对于余光中、三毛等作家的书籍十分熟悉，所以心里对台湾这个地方就怀有着莫名的关切向往；而且从小到大她几乎没有离开过湖南，连上大学也是如此，现在有了出去看外面世界的机会，当然要把握一下；再有就是随着新书的出版，当时又掀起了一番舆论风波……原因种种，综合在一起的结果就是夏明月很想跳出目前的环境，换个新环境，换个新心情。

也许是功夫不负有心人，申请赴台湾交流学习的过程非常顺利，家里人对她的决定百分百支持，学校也表示她是很有竞争力的人选，通知她可以提前做准备了。这个令她兴奋的消息，自然是第一时间传达给了李航。李航也替她高兴得不得了，虽然李航又说："可是这样的话，又要推迟见面的时间啦。"谁能想到，这回反倒是小女孩夏明月来劝导大男生李航了呢。正如夏明月所言"山水总相逢，来日皆可期"，何况确定好的行程，只要倒数着也就过来了，加之本就两地相隔，在长沙或在台湾并无实质区别。

等待的时间总是漫长的，一直到了当年八月底，台湾之行才正式启程。满怀着对未来的期待，夏明月在家人的目送下，和同年级的学霸同学一起踏上了异乡的求学之路。与此同时，李航从武汉海洋工程大学毕业了，即将被派往南海舰队海军基地。

两个人，两条路。**离别之际，千言万语都是无力的**，但是两个年轻人的心里并不觉得酸涩，因为他们都坚信**这是在为未来铺路，他们终将以更好的模样在更高的地方重逢。**

夏明月在手机上简单敲了几个字发给李航："越来越好。"然后，她毅然挥别了故土和家人，一身轻松地奔向了远方的梦想小岛。

正如想象中一样，这一年的交流学习生活给夏明月留下了太多深刻印象，经历的每一幅画面都值得珍藏回忆。然而，当把所有的故事串联在一起，夏明月才发现，从开始到结束，这一切都绕不开一个名字——李航。

起初，怀着强烈的好奇与兴奋，夏明月像一只回归天空的小鸟，对即将到来的异乡生活充满了美好期待。但是，事情似乎没有小女孩想象中那样顺利，只是一个所谓的"小小的失眠"，就将所有的计划打乱了。白天的课堂上哈欠连天，晚上的宿舍床上辗转难眠，诸多旅行打卡的完美计划也因此搁置。开始的时候，她还能安慰自己这只是短暂的"水土不服"，但是日益严重的失眠困扰，终于影响到正常的学习生活之后，她也不得不重视这一问题。

当然，帮助她正视问题的人，正是李航。

在夏明月到达台湾半个月后，李航发现这个小姑娘越来越不喜欢接他的电话，每次都是无精打采的状态，有时候打过去的视频会被她无情地直接拒绝。李航曾经一度为此懊恼，他还真是有点担心这只无拘无束的小鸟要快乐得将他忘掉，那可真是太糟糕了。所以，在夏明月度过的每一个难眠夜晚，她不曾知晓的是，与她一般，在遥远的内陆城市也有一颗孤独而忧虑的心，为了她而难以入眠。

这天，当李航又顶着黑眼圈走进学校食堂的时候，温青青不解地看了他好一会儿，最终还是忍不住开口问道："李大部长，你这是生病了？"跟她如影随形的孟勒毫不意外地闪出一句画外音，只听他一边大嚼着水煮肉片一边随口应道："病？什么病？相思病？"温青青听罢，勾勒着精致眼线的大眼睛一翻，狠狠斜了孟勒一眼。孟勒毫未察觉气氛异样，继续贫嘴道："衣带渐宽终不悔，为伊消得人憔悴。李大部长，有情况啊！"

李航端着餐盘坐下来，长吁了一口气，并不理睬那二人的询问和调侃。他毫无心思地翻动着眼前的白粥，心里想的却是昨天那个被拒接的电话。半个月了，关于夏明月的消息越来越少，不知道她在异乡的生活是否一切安好，既担心她不适应新环境而郁闷低沉，又担心她太过于投入新生活而将自己抛到脑后。

一向自认理智清醒坚定的大男孩，第一次感受到了为了另一个人而矛盾不安的滋味，有点说不清的感触，甚至隐隐生出了一丝委屈。

"哎，你那个小姑娘不是说要来武汉玩吗，最近怎么都没消息了？"孟勒吃了一大口流沙包，又夹起一个煎饺，"那小姑娘挺有意思的，我还挺想她的呢。"

没有指名道姓，但是所有人心领神会。温青青和李航不约而同地看着孟勒，一时都不知道该如何接话，毕竟孟勒这话又突兀又诡异。

沉默了好一会儿，温青青率先开口道："你想人家干吗？"

孟勒被噎住了，赶忙放下筷子，对着温美女解释道："不是，不是，我说我们想她了。是吧，李航？"

李航认为自己吃得差不多了，收拾了一下碗筷，站起来说道："今天有点事，我先走。"只留下坐着的两个人面面相觑，看着李部长远去的背影，更加不解了。

回到宿舍，李航忽然觉得非常疲惫，大概是接连几日睡眠不足，让他也终于无法精神满满地应对快节奏的军校学习生活。他躺在床上，无意识地翻看着微信，与那个小姑娘的最后一条互动记录是"对方无应答"。

她在哪里呢？今天过得开心吗？脑海中萦绕着这些甜蜜又烦恼的问题，李航觉得眼皮很沉、身体很轻，然后渐渐睡了过去。他做了一个梦，在海边，天空就像两人初次相遇的那一个傍晚，她穿着藕粉色的裙子，像是晚霞撕掉的一角，从遥远的天边而降。他看着她朝自己走来，她大大的眼睛里凝着海洋的水汽，雾蒙蒙地令他看不分明。他伸手想要迎接她，她却仿佛迟疑了脚步，张张小嘴巴，像是有话想对他说，又像是欲要转身离去。他着急地喊她的名字，可是发现自己出不了任何声音，焦急之际，忽然耳边响起一阵轰鸣雷声，梦醒了。

没有犹豫，他立即拨通了那个电话。

十秒、十五秒……

他像是在数心跳，对面一直没有回应。

"喂……"迷迷糊糊，天旋地转，忽然之间传来了那个反复盘旋在心里的声音。

李航坐了起来，他发现自己竟然有些紧张。

"明月。"他下意识地叫了一声，才惊觉声音中轻微的颤抖，只好强作镇定地继续说道，"在做什么呢？"

夏明月好不容易积攒的睡意被全部打消，本来很想发脾气，可是那个声音……她艰难地睁开眼睛，确定了那是李航，于是强压着心中的烦闷，轻声说道："在睡觉呢……有什么事吗？"

夏明月说得无心，李航听上去却不是滋味。他本以为他们之间已经打破了尴尬，有了一定的信任基础和亲密感觉，甚至就要突破那一层几乎透明却始终存在的隔阂了。"有什么事吗"，这五个字像是一条河，硬生生隔开了两个人。

若是换作别人，李航早就礼貌又冷漠地挂电话了，可是，电话那头是他的小女孩啊。

李航耐着性子，低缓了声音问道："是不是打扰到你休息了？没什么事，最近联系不到你，想问问你在那边好不好，有什么需要我的地方。"

这话已经是非常明显的示好，乃至示弱了。涉世未深的夏明月却一脸无辜，甚至觉得李航怎么怪怪的。她拼命在想，是不是自己刚刚接电话的语气不好，让他误会了？

夏明月翻了个身，困倦和疲惫令她感到有些头疼。她尽量让自己的声音听上去亲切友善，于是轻声说道："挺好的呀，谢谢你。"

李航听她一再撇清二人之间的关系，突然有些生气了。可是，他又不忍心苛责于她。

李航只好继续问道："怎么这个时候睡觉，上课太累了吗？吃过晚饭了吗？"

夏明月傻乎乎地搞不清状态，听到李航关心的话语，只觉得内心甜丝丝的，就应声道："嗯，晚上没睡好，有点困，今天下课早，就先回宿舍睡觉了。"

李航又道："怎么没睡好呀，是在那边不习惯吗？我可以为你做什么吗？"

"啊？"夏明月有些诧然，不明白李航是什么意思，为什么总在问自己是否需要他的帮助，可她没觉得自己需要他的帮助啊。

"明月，我要出去一趟，晚上给你打电话。"骄傲如李航，也只是希望能够在夏明月的世界里多一些存在感罢了。可怜他并非拙于言辞的人，此时也有些窘迫，幸好辅导员派人来喊他去教学楼，才有了可以暂时避开的理由。

太阳落山之后，思念仿佛红霞一般沉甸甸的，热烈的色彩压迫得天空摇摇欲坠，扑面而来的宏大感令人不得不为之动容。夏明月从图书馆晚自习回来，很早就洗漱上了床，宿舍的同学结伴去了夜市游玩，只有她一个人托词想要休息先回来了。

疲惫是理由，等待也是。异地的这些日子，新鲜加之忙乱，让二人之间突然减少了联络，本来刚刚有些突破的苗头，仿佛又被各种因素压制了。然而，**思念或许有起伏，但是不会中断**。几个小时前，只是又听到他的声音，心中那种安宁与温暖仿佛一瞬间又涌出来了。

夜晚九点半，当夏明月坐在台灯前翻看着一本三毛散文集的时候，电话铃声响了起来。

夏明月忍不住扬起嘴角，快速摁下了接听键。

"明月？"

"嗯。"

"在宿舍了吗？"

"嗯。"

夏明月的声音听上去安静而乖巧，但李航那边明显有些躁动不安，像是有话压抑未讲。两个人又模模糊糊寒暄了几句，李航终于问出了口："我们可以打视频吗？"天知道他有多想看一看他的小女孩，自从她登上飞机，他们甚至在网络上都没有见一面。

夏明月没想到他会这样说，但也没有拒绝，然后就主动发起了视频电话。铃声不过两三秒，手机画面里就出现了李航那张帅气的面庞。

夏明月看着他，居然有些羞涩地笑了笑，她有些懊悔自己刚刚应该先去对着镜子整理一下自己，毕竟李航不只是她的普通朋友。

"明月。"李航每次叫这个名字都显得格外温柔，看到她的可爱模样之后更是如此。

"哈喽，发发。"夏明月调皮地眨眨眼睛，笑容阳光十足，但眼底的淡淡青黑让她看上去有一点点疲惫。

"小朋友好好说话。"李航佯装严肃，不想让自己在小姑娘这里威信全无，可更重要的是，她的憔悴让他有些心疼。虽然设想过她去台湾之后可能需要适应一段日子，但亲眼看到她的难处又远隔千里不能陪伴，这种滋味真是有些难言。

两个人，你一言我一语，开始难免有些拘谨，但在李航的体贴话语中，夏明月也渐渐松弛起来，并且同意从今晚开始，由李航充当哄睡电台主播，专为夏作家一个人服务，保证令她尽快适应异地生活，重新活力闪闪。

《Time Passes Slowly》
时光慢慢流逝

Time passes slowly up here in the mountains,
山中的时光静寂缓慢，
We sit beside bridges and walk beside fountains,
我们坐在桥畔，在泉水边散步，
Catch the wild fishes that float through the stream,
追寻野生的鱼群，在溪水上漂浮，
Time passes slowly when you're lost in a dream.
当你置身尘外，时光静寂流逝。
Once I had a sweetheart, she was fine and good lookin',
我曾有个心上人，她娇小、美丽，
We sat in her kitchen while her mama was cookin',
我们坐在她家的厨房里，她妈妈做着糕点，
Stared out the window to the stars high above,
窗外的星辰闪烁高悬，
Time passes slowly when you're searchin' for love.
时光静寂流逝，当你找到你的心爱。
……

深夜之后，万籁俱寂，同学们也都回到宿舍，各自躺到了床上。当李航为她读诗的清朗声音从耳机的那一端传来，夏明月闭着双眼，却仿佛看到了窗外蓝丝绒般的夜空中明亮的星星，她觉得自己很幸福很安全，渐渐便有了睡意。她想，不论以后两个人能否走到一起，至少都不辜负相遇。遇见李航，无论如何都是一件幸运的事情。

就这样，在李航温柔的陪伴下，数日之后，夏明月的失眠困扰竟然神奇地消失了。没有人知道她耳机里的秘密，同校来的小伙伴只知道那个明朗爱笑的姑娘又回来了，甚至一跃成为全宿舍最有活力的女孩。

这下，原本的课余时光计划终于可以真正实现。海岛的风土人情深深吸引着夏明月，和所有第一次来到台湾的外乡游客一样，她和同学结伴到处打卡，听当地人的建议骑着单车逛着大街小巷，利用课余时间几乎把台北游了个遍，吃了各种美食小吃，拍了各种漂亮照片。后来，兴奋期过去之后，情绪慢慢转为平静，夏明月便开始主动寻找打开台湾的另一种方式。

她和同学一起去学油画，经常在画室里一坐就是一个下午，有时候画室老师会带着他们去街边或风景区采风，那是夏明月最快乐的时刻之一。而音乐是她的另一大爱好，自小学习的钢琴因为中学升学而被迫放弃，如今有了大把闲暇时间，也被她重新捡了起来。纤长的双手在黑白键上游走，优雅而灵活，就连李航看了她弹琴的片段之后都请求她继续学下去，按照李航的意思，夏明月的气质不去演奏钢琴简直是浪费了。

后来，夏明月还兴致勃勃地去学了尤克里里，小小的木琴抱在怀里别有一番趣味，虽然只是几个简单的和弦，没有太多复杂的技巧，听上去却令人非常愉快。在老师教习流行歌曲演奏的时候，夏明月特别选了一首《情非得已》，实际上，最开始的时候她就已经做好了打算，要把这首歌练好，然后给李航看一看、听一听。

　　因为有过学习音乐的经历，没用多久，她便可以掌握尤克里里的简单弹唱了，虽然还有一些不熟练，可她已经迫不及待想要和李航分享，于是，特意挑选了一个晴天，以蓝天白云绿地作为背景，穿了一袭粉裙，录制了歌曲的弹唱视频。

　　难以忘记初次见你

　　一双迷人的眼睛

　　在我脑海里你的身影

　　挥散不去

　　……

　　只怕我自己会爱上你

　　不敢让自己靠得太近

　　怕我没什么能够给你

　　爱你也需要很大的勇气

　　……

说起来，真是非常应景的歌曲呢，夏明月觉得这首歌词完全就是在讲述自己的心情，那些未曾开口的话，就借由这首歌表达了。虽然是一首带着小小伤怀的情歌，可她唱得十分欢乐，因为想到听众是李航，她就没有理由不开心。何况，他为她读诗，她为他唱歌，也是很棒的答谢礼物呢!

　　李航点开视频，漂亮的女孩就在镜头里和他"哈喽，哈喽"打着招呼，俏皮又可爱。看到她的样子似乎又健康漂亮了几分，李航不禁也笑了，他对她，不只是喜爱。只是一直出现在手机镜头中的姑娘，不知道何时才能见上一面呢?

　　视频中，那真诚又生疏的样子，还有那些洋溢着恋爱气氛的歌词，都让李航觉得这是他近来收到的最好礼物，也是最令他开心的事情。刚刚来到部队上，与军校相比，环境的转换自然需要一段时间来适应，可是艰苦的训练和疲惫的学习都让李航感到更加负重难行，根本没有给他留下太多适应时间，必须全力以赴才能完成任务。好在信仰的力量一直陪伴着他，才让他不至于被打趴下，才让他仍然能够保持斗志满满。

　　尽管在成长的过程中，也会遭遇一些不快的事情，但是每次需要面对夏明月的时候，李航都会调整到最好的精神状态，尽量让她感受到的都是向上的正面的能量。因为他是男人，因为他是哥哥，因为那是他想要呵护疼爱的女孩，他希望自己带给夏明月的都是好的，就像她的歌声中描述的那样，"怕我没什么能够给你，爱你也需要很大的勇气"，他也还需要一些时间和一些勇气，用努力去铺垫两个人的未来。

可是，这一切，李航都选择了自己默默承担，从未曾让夏明月知晓他的压力。

另一边，夏明月继续沉浸在异乡求学的安逸和快乐中，寻找机会一一实现着她脑海中的浪漫设想。曾经的那些纠结和无奈，仿佛也被她留在了旧地，转身便消散了。

来到台湾之后，夏明月还有一个愿望一直未曾实现，那就是去宜兰——到漫画家幾米的故乡去看一看。以前读书的时候，她就特别喜欢幾米这个作者，那些治愈的画面在很多时候抚慰了她忧伤低落的心情，陪伴她度过了很多艰难的日子。她也有一个放在心底很久的期盼，就是能够和幾米合作出版一本图书，她来写，幾米画，如果真的能实现该有多好啊。她曾经把这个愿望说给李航听，本以为李航会笑话她傻或者说她异想天开，可是李航那样温柔，只告诉她说"小朋友努力呀，一定会实现的"。

一直等到那一年的九月份，借由中秋节，才终于有了去宜兰的机会。夏明月所在宿舍里的四个女学生都来自大陆，一年的相处让她们的感情亲如家人。她们互相照顾，互相分担，一起计划，一起出行。这一次，她们决定四人结伴去宜兰游玩。

宜兰三面环山，一面望水，仿佛一座天然的世外桃源。女孩子们穿着舒适的衣服和鞋子，在蓝天之下自由地骑行着，海风吹动了长发，留下了一连串的欢声笑语。如此浪漫的背景，几乎是小时候看过的那些偶像剧的情景重现。"可惜少了男主角哦"，女生们不约而同地想到，笑着闹着，尽情感受着青春的美好。

夏明月将随手拍下的风景照片发到朋友圈，她知道李航这时候一定在进行严格的训练，可是等他回来就会看到。比起李航，夏明月发现自己的生活真是轻松太多了，虽然李航总说："革命分工不同嘛，夏明月小同志也是一个好同志。"

白天赶着打卡景点，一路游逛着没有闲下来，等到傍晚终于可以好吃好喝了，本是计划去宜兰的夜市走一圈，但天地之间突然狂风大作，气象部门发布了天气预警，一时间游客都被困在房内不得出去。

既来之，则安之。好在民宿也漂亮，食物也好吃，四个女孩开始了苦中作乐，向店家要了蜡烛，开始了秉烛夜谈。从童年聊到少年，从求学聊到感情，夏明月将每一个故事都听进了心里，并决定以后有机会要将它们统统写进自己的作品中。

可是，轮到夏明月讲述的时候，她反而不知道从哪里说起了。鹿城的第一面吗？仿佛已经是很久之前的事情，又仿佛是昨天才发生的，那样遥远又那样清晰，反反复复在心中上演，已经到了她觉得没必要再提起的地步。

所以，这一次夏明月没有讲述太多故事的细节，而是认真谈了谈她的感受。她对李航的感觉，以及她对爱情的理解，她的热情勇敢的一面，她的担忧退缩的一面。

坦白说，这些纠结的心情一直藏在心里，夏明月自己也没有清晰地梳理过，今天向着旁人说出来，反而觉得舒畅很多。

"可是，不能因为害怕失去就不去开始呀！"女生们劝导她说。

"就是就是，今朝有酒今朝醉，想那么多干吗呢！"平时内敛的姑娘们今天也都敞开了心怀，甚至开了一瓶清酒。

夏明月还是第一次喝清酒，以往她的酒量也就是一杯啤酒，再没有更多尝试了。可是今天是真的高兴呀！

"明月，酒也喝了，这下该不是胆小鬼了吧？"宿舍老大发了话，将夏明月放在桌上的手机递到了她的面前，不容拒绝地说道："打，现在就打给他。"

夏明月脸色微微晕红，咯咯地笑起来。她接过手机，又看了看那三双好奇期待的眼睛，然后就在炯炯目光的注视下，拨通了那个熟悉的号码。

"喂？明月？"

"嗯，中秋节快乐呀！"

"中秋节快乐，你在哪里？"

"我在宜兰哦，和我同学在一起，外面好大的风，现在不能出门。"

"男同学，女同学？"

李航这话一出口，那三个女生集体笑喷了，哈哈哈的声音比外面的台风声还震撼。

"哦，都是女孩子呀，那你们要注意安全。"李航突然有点窘迫，他实在不知道原来对面还有那么多旁听的人呢。

"嗯嗯。"夏明月好像有点醉了，她觉得脑袋晕乎乎的，舌头也有些发直，一股困意袭了上来，让她几乎是瘫坐在了小桌旁。

又简单说了两句，夏明月便匆匆挂了电话，女孩们还在一边怪笑个没完，说着回到大陆就要吃他们喜糖的傻话。

可是，对话还没有结束——

李航的消息以文字的形式弹了出来："喝酒了是不是？"

夏明月诚实道："喝了一点。"

李航发了一个生气的表情，教育道："不听话。小朋友要照顾好自己知道吗，不要让我担心你。"

夏明月也发了一个表情，一只快乐的小狐狸伸着手臂，身子扭来扭去，欠欠的，很可爱。她现在非常认同一句话，**喜欢你的人会把你宠成一个孩子**。所以，他也是真的喜欢自己吧。

"明月，今天你能主动打电话给我，我真的很开心。"

夏明月看着手机里那行字，视线渐渐模糊起来，带着些许甜蜜，就这样沉醉在了宜兰的夜。那些尚未诉说给对方的情绪也就一切尽在不言中了。

等到快乐的中秋假期结束之后，再次回到辅仁大学已是接近学期尾声，好在课业并不繁重，绘画和音乐还是经常伴随着夏明月的求学生活。她发现自己真的很喜欢画画，这是另一种不同于文字的情感表达，但本质上它们又是一致的，都是用自我感受去和外界沟通，传达内心的真实和渴望。

她每周去两三次画室，在那里投入了很多精力，不管是满意的作品还是一般的作品都会上传到朋友圈，**她认为这都是成长的痕迹，无论好坏都值得记录下来**。而在李航看来，每一幅画作背后都是那个可爱女孩子的认真付出，所以每一幅他都发自内心地喜欢，并认真地将自己的感受告诉了女孩。

夏明月经常被他表扬得不好意思，可是李航真诚的语气又不容她不接受。慢慢地说得多了，倒也让夏明月产生了一个想法：她想特别为李航作一幅画，然后当作新年礼物送给他，应该来得及，应该赶得上。而且，不只是画，她知道他们都在期待着那一天的到来，那将是他们最快乐最期待的日子吧！

只是，近来冬季的台北逐渐变冷，天气也变幻莫测，再加之学业的缘故，学生们的外出活动减少了很多，纷纷回归到了学习第一位的状态，夏明月自然也不例外。这一天，或许是白天思考过度，到了凌晨时分就有些难以入眠。寝室熄灯好久了，夏明月依然躺在床上戴着耳机听歌，本来是想催眠的，结果越听越精神，正想着要不要问问武汉的人睡下了没有，结果——

"地震啦！地震啦！"

尖叫声四起，然后伴随着楼道里传来的纷乱脚步声，大家都慌了。夏明月一转头，一边的耳机掉了下来。反应最快的人迅速从床上爬下来，大力拍打着同伴，招呼大家一起冲出去。

桌椅在晃动，吊灯在晃动，整个房子都在晃动，夏明月随着慌乱的人群一起跑到了操场，绝大部分人是在睡梦中被惊醒的，穿着单薄睡衣就跑了出来，现在又惊又吓地立在寒夜里打着哆嗦，互相安慰着彼此。

宿舍的同学们聚集在一起，互相确认没事之后，才算暂时松了一口气。媒体新闻同步报道了这次地震，好在台北不是震中区，没有太大危险，校方已经在商定让大家有序回到宿舍。

夏明月惊魂甫定，立即拨通了家里的电话，第一时间向家人报了平安。出门在外，最怕的就是远方家人为自己担心，好在她是个懂事的姑娘，明白这一道理。然而，这边给家里的电话刚一挂掉，微信里就弹出了好几条消息，长沙的、武汉的……李航的电话第一个打进来，语气焦急，直到听到夏明月说自己没有危险，还是不肯挂掉电话，坚持陪着她一路回到宿舍。

李航说，现在就把宿舍的安全疏散示意图拍照发给他。

夏明月乖乖照做。

李航说，都怪他不好，应该早一点做这些准备，教会她应该如何在极端情况下自救。

夏明月说："是的，你不好。"

李航无奈地轻笑一声，安慰道："好了好了，我不好。"他发现这个小姑娘越来越会和他撒娇了，在自己面前，越来越像个小朋友。

当大家都安静下来，夏明月也准备入睡了。但是李航依然坚持不让她挂掉电话，还说她不用说话，现在戴上耳机，只听他说就好，这样的夜晚，他只想陪在她身边，无论是什么形式。

令夏明月意想不到的是，李航居然开始在电话那头给她讲起了童话故事……

"好了，现在小朋友可以乖乖闭眼睡觉了。不要怕，我一直在。"

李航的声音还是这样让人安心，就像那些日子，他每晚在她耳边为她温柔读诗、伴她度过了那些难眠的夜晚。这是两个人共同制造的美好回忆，它那样珍贵，足够让人抵御来自外界的伤害。

"乖乖睡觉，我陪着你。"

夏明月觉得那是她来台北之后，睡得最踏实的一晚。

甚至，不醒来也没关系。

海 上 升 明 月

在他这里，她永远可以肆无忌惮地做个小孩。

第 六 章

再相逢

去台湾交流学习对于夏明月来说是一个暂停键，同时也是一个重启键。**时光如同逝水，一切的经历都会留在昨日，一切的回忆将被带去未来。**当下，面对未知的新征程，无疑是既兴奋又期待。

接连几日，宿舍的同学们都在忙着打包行李。这一年，说长不长，说短不短，仿佛刚刚才适应习惯，却要对它说声再见。当行李箱塞到几乎爆开的时候，夏明月才发现自己果真是个收集癖，玩偶、画册、手工艺品……那些从四处搜集来的心爱之物，当然要统统带回家去，还有要送给亲朋好友的旅行纪念品，再加上这一年来的各种学习资料，总之杂七杂八，足足装了四五件大行李。

晚上，李航准时打来电话。夏明月忙碌了一整天，这时已经很疲惫了，但还是很快就接通了电话。她听着话筒里低沉好听的男声，看着宿舍小床上挂的一闪一闪的星星灯，两个人闲散地聊着日常，宿舍有人正在放广播，是王菲唱的《红豆》。

歌声缠绵，令人沉醉。夏明月有一刹的恍惚，她想到了"细水长流"这个词，又想到"天长地久"。虽然自从鹿城一别，她和李航就没再见过面，但是这段关系并没有因为时空的阻隔而疏远，反倒是随着时间悄然发生了质变。他们越来越熟悉彼此，了解彼此，依赖彼此，这些都是毋庸置疑的。

一切都越来越明朗，只差一个说法——夏明月很清楚地知道，那个时刻不久也要到来了。

2016 年 1 月中旬，距离农历新年不到一个月的时候，夏明月从台湾登机，正式告别了为期一年的交流学习生活，回到了家乡湖南——带着她对过往一年的眷恋，对新生活的万分期待，以及带给李航的一幅油画。

整整一年在外求学，也许对漂泊惯了的人来说不算什么，但对夏明月来说，这确实是她离家最久的一次外出。加之又是过年前夕，接连几天，夏明月都是在拥挤和热闹中度过了她的回归时光。长辈的关心，同辈的好奇，那些台湾故事被夏明月翻来覆去地讲了好多遍，好在她是个写作的人，虽然重复，倒也不至于枯燥乏味。直到满足了最后一颗好奇心，夏明月才终于有时间来好好琢磨一下自己的心情。

虽然李航没有直白地提出，但是夏明月知道，他在等着自己。于她来说，她也很想去见一见李航，那个两年前惊艳了时光的人，那个在回忆里徘徊了太久的人。可是，她还是一个小小姑娘，仍然有着属于自己的那一份来自少女的矜持。

可是……

回到长沙一周后，夏明月订了去北海的机票，同行的是回国过年的好友小森。一路上，夏明月对小森完完全全地讲了她和李航之间发生的事情。小森虽然年纪不大，但在同龄人中也算是个见多识广的人，听了这样的故事也忍不住连连感慨。倒不是故事多么新奇，毕竟小森自己那一段异国网恋也不简单，但用小森的话来表述——"我一直想看看，到底是什么样的人能把我们夏明月女神拿下"。答案显而易见，那个让夏明月提起他的名字就忍不住微笑的人，就是当之无愧的男主角了。

　　"不过，等等，你再说一遍那个人叫什么，在哪儿上学？"小森像是突然想起了什么，眼睛都瞪圆了。

　　"李航啊……"夏明月简直要被她吓唬住了，回答她说，"武汉海洋工程大学。"

　　小森激动地拍着夏明月的肩膀，一副语无伦次的模样："明月啊，你记不记得很久之前我和你说过要给你介绍对象？"

　　"啊？"夏明月确实不太记得了。

　　"快快快，给我看看这个李航的照片。"小森激动得面部抽搐了。

　　夏明月搞不懂为什么小森的反应这样大。她把手机里的照片发给小森看，更搞不懂除了"这个"李航，还有"哪个"李航。

　　"啊啊啊啊，明月啊。"小森忽然叹息道，"你相不相信，每个人的缘分都是天注定的，你也一样。"

　　夏明月眨眨眼，然后听着小森大喘气地和她把事情从头捋了一遍。

原来，两年多前，小森曾经向夏明月推荐过一个男生，不止一次，但都被夏明月漠然拒绝了。那是小森男朋友偶然在学校外联活动中认识的外校男生，被小森男朋友说得天花乱坠的，简直像在谈论自己的偶像。小森心想，既然这么好，当然是肥水不流外人田，派男朋友去打探了一番，说是那男生是单身，于是第二天小森就要给夏明月张罗对象，可谁知这家伙不领情……本来小森男朋友和人家也不熟，既然夏明月无意，这事情便也不了了之。谁能想到，兜兜转转竟还是他呢。

后来小森兴奋地给男朋友打电话，语气夸张地又将事情和男朋友复述了一遍。

夏明月听小森这么说，也觉得很神奇，心想见到了李航可以向他问一问，听听他怎么说。

但不管怎么说，如此一来，这趟旅程的意义仿佛更不一般了。小森数着时间等待到站，好像比夏明月还更期待见到男主角李航。

北海的冬天很冷，两个姑娘出了机场，下了出租车，一路打听一路走，终于找到了地图上标识的酒店。刚刚走进房间，小森二话不说就把自己摔到了床上，叫苦道："累死我了，明月啊，天哪，为了你，我拼了啊。"

夏明月把两个人的行李箱推到墙边，然后拉开了落地窗的窗帘。一片海湾撞入眼眸，银白色的细沙，蔚蓝色的海水，还有柔软的白云，就像是飘在心头的点点思绪。

小森翻了个身，看着好朋友继续抱怨道："我们什么时候去找他？不是说直接去找他的吗？"

　　夏明月低头摆弄着手机，回答道："不行的，这个时间他应该正在训练呢。"没办法，既然爱上了军人，就要有更高的觉悟呢。

　　"哦。"小森也翻出手机，看着手机里那个穿着海军服的男生，仔仔细细端详了一遍，然后啧啧感叹道，"这个李航，真是蛮帅的哦！"

　　夏明月笑着白了小森一眼，嗔怪道："喂，你可是有男朋友的人哦！"

　　小森坐了起来，眼睛都瞪大了，大呼小叫着："哎哟，哎哟，这就吃醋了！"然后嘭的一声，又躺回了床上，说道，"我当然知道！我这是替你参谋！回头我就删了，我家老白才是陈年醋坛呢，要让他知道我存别的男生照片还了得！"

　　夏明月也坐了下来，她还没想好怎么告诉李航自己已经到了北海的事情，也不知道他听了会是什么表情。

　　终于，在小森的催促下，夏明月将已经到达北海的消息发到了李航的手机上。她反复想着如何措辞，始终觉得不太妥当，就好像要去约会的女生不知道如何挑选服装一样。最后，索性将机票和酒店的电子票据发给了李航，时间和地点一目了然。

　　理论上，消息应该会在一个小时后被李航读到，所以，她们还有时间好好休整一番。本来昨晚就没睡好，醒来又匆匆赶飞机，夏明月照着镜子，左看右看，觉得自己的脸好像有些浮肿。

她按了按脸颊，这里满意了，下一处又不顺眼，恨不得每一根头发丝都是服帖的才好。

"小森，你看我头发是不是有点塌呀，要不我去洗下头发吧。"夏明月问道。

"去吧去吧，恋爱中的少女。"小森打发着，盘算着夏明月忙去了，自己正好和男朋友煲个电话粥。这次回国匆匆见了一面，就被好朋友从武汉拉回了湖南，要知道她也是一名妥妥的恋爱中的少女呢。

海风吹动着白色纱帘，一下一下轻轻拂在浅木色的躺椅上，代替钟表计算着时间的流逝。洗浴间里的人忙着梳洗打扮，躺着的人对着手机讲了一阵就睡着了，谁都没有听见遗落在躺椅上的手机振动声响。

一个小时后，酒店房间响起了敲门声。小森揉揉眼睛，通过猫眼看到一个高高大大的男生，好像有点眼熟，懵懂着就打开了门。

"你好，我是李航。"门外站着的男生微笑说道，他的身后还站着两个和他一样站姿笔挺的大男孩。

小森眨着眼睛，目光都聚在了李航身上。果然和照片里长得一样，不，真人还要更帅一些！然后，小森对着洗浴间大声冒出一句："明月，你的传奇男主角来了！"

"啊？"夏明月正在吹头发，轰鸣的声音让她没有听清从门口传来的惊人之语。

门口站着的三个大男孩面面相觑，李航有些不自然地扯扯嘴角，尴尬地笑了一下，他不明白自己是哪个剧组的"男主角"，又是哪里让这个女孩子觉得"传奇"。

"快出来啊！"小森对屋内的人喊道，然后转头对着李航说道，"你本人比照片还要帅一点哦，男主角。"

本来，夏明月是计算好了时间，想在李航到来之前整理好一切，但她没想到李航的训练提前结束了，也没接到那个通知她的电话。

夏明月探出脑袋向外张望的时候，手里还拿着吹风机。小森像煞有介事地闪到一边，隆重地将李航送到了夏明月的视线焦点。

一瞬间，时间仿佛静止了。这是夏明月心心念念了两年多的人啊，多少次在梦中勾勒了他的轮廓，突然出现在眼前的时候，又显得那样不真实。他背光而来，就像初见的那一晚，带着海风和霞光再一次闯入了她的世界。

李航站在原地，笑容凝在嘴角，他感到喉间微微地颤动，太多的话埋在他的心底，可是这一刻，他发现千言万语都胜不过眼前女孩两颊浮起的那一抹晕红。他等这一刻，实在等得太久了。

另外三双眼睛就在夏明月和李航身上来回来去地巡视，李航知道，如果他再不说话，这些人绝对又该起哄了。那可不好，他的女孩是个害羞的小姑娘呢。

李航振了一下精神，率先迈出两步，站在夏明月面前说着："好久不见，明月。"

夏明月觉得自己的脸上仿佛烧了起来，不知道是突然见到李航的缘故，还是围观群众的目光太过火辣辣，盯得她不自觉地低下了头。

"过去呀。"小森跑过去，急吼吼地拽了夏明月一把，心想平时的夏明月才没有这样扭扭捏捏，果然谈恋爱的人不一样了呢，然后又邀功地对李航说道："你的女主角，我给你安全护送到了哦！"

跟随李航而来的两个年轻小哥也笑嘻嘻地将好朋友往前推搡着，还不时瞄着那个长头发的叫"明月"的漂亮女孩，一脸的八卦表情。虽然平时鲜少听李航说起自己的感情私事，但眼前这样的画面，再加上李航和夏明月的神情，再迟钝的人也知道其中原委了。

李航深深吸了一口气，克制着身体的紧张微颤，尽量自然地开口道："小朋友长高了呢。"

夏明月听了这话，抬起头看着他。她想，是高了那么一点点，但也没高到哪儿去，还不是要抬头仰视他。

当两人目光相接的一刹那，李航突然就觉得拥有了无比的勇气，一路上那些设想好的台词也都抛诸脑后。这一刻他只想轻轻地将这个女孩拥在怀里，让她知道自己的爱恋与思念，那些再也无法存住、瞒住的情绪，就让她都感受到吧。

可是，他还不能够。

"越来越好看了呢。"李航又走近一步，伸手摸了摸夏明月的头发。傍晚的风儿轻轻吹送，李航闻到了一股沁人心脾的花香，那应该是夏明月尚未干透的长发的味道。这让他感到有些不好意思起来，何况，他的小姑娘一直呆萌地看着他，也不知道回应他的话。

夏明月是在思考，思考该如何回应李航，但是她发现自己根本无法聚起精神完成思考。

该说什么呢?

"你好。"——听上去傻乎乎的。

"你来了。"——还是傻乎乎的。

然后，夏明月发现了书桌上立着的那个扁扁的快递纸盒。那可是她从台湾到长沙又到北海一路提回来的，甚至不敢托运，生怕破坏了这个精心准备的新年礼物。

"那天说好的画，我带来了。"夏明月取了盒子，大大的圆眼睛一眨一眨，将画作亲手交到了李航的手上。

"明月从台湾扛回来的哦，都舍不得托运呢。"小森又冒出来解说道。

李航笑了，揉了揉明月的头发，语气轻柔："傻乎乎的。"

那幅画还是他陪着她一起画的，整整在画室待了一个下午。他那时候正有事情在忙，但还是一直坐在桌前，开着视频，陪着她一笔一画勾描、上色。画面是沙滩和海洋，有他最喜欢的白马和她最喜欢的小熊，有他的姓氏和她的名字。当时，夏明月给这幅画命名为"Hello,Prince"，因为那段时间李航给她读的睡前故事恰是《小王子》。

"我回去拆，别弄脏了。我们先去吃饭。"

"好啊。"夏明月和小森异口同声道。她们这一路忙来忙去的，确实一口饭都没吃呢。

男士们非常绅士地去了酒店大厅等待，两个小姑娘又是一阵忙活，十分钟后，终于穿戴整齐下楼。李航注视着夏明月，那一股非常想要拥她入怀的冲动再一次清晰袭来，他觉得，这一次他是真的认栽了。

坦白说，一个优秀的二十三岁的男生是不可能完全情感空白的。但是，他从未体会过这样一种特殊感受，如此强烈的心动，轻易被牵动着情绪，有点可怕，也有点可爱。

"斯人若彩虹，遇上方知有。"他有些庆幸，若不是夏明月的出现，他不会知道什么是真正的爱的滋味。这一刻，他只希望夏明月有着和他同样的感受。

一行五人叫了两辆出租车，李航再一次尽地主之谊，负责保护陪同两位远道而来的年轻女士。小森叽叽喳喳的，表现得比夏明月还兴奋，抢先一步就将曾经想为两人介绍对象的事情和盘托出。结果，不仅夏明月对此不知情，连李航也不知情。不过也难怪，当时一切事情都是小森和她男朋友在张罗，两位主角都从未出场啊。但是，李航也对此感到十分神奇，他愿意相信小森的话，尤其是那句"你俩是缘分天注定"，所以他也大方接受了小森是二人的大媒人的"事实"，并表示一定会大礼谢媒。

夏明月听着小森一番激动言语，安安静静坐在一边笑着，也不搭腔。但李航感觉得出来，夏明月心里也是高兴的，只是不愿意表露太多罢了。一年的交流学习生活，他的小姑娘确实长大了，心态和行动上都沉稳了许多，不再是那个将心情写在脸上，容易情绪化的小孩子了，虽然每一个夜晚的电话中，夏明月还是愿意把最心底的话对他讲出来，让他来承接她的喜怒哀乐的表达。

是的，在他这里，她永远可以肆无忌惮地做个小孩，因为他们是彼此的例外。——李航这样想着，心里突然有些甜蜜。他从后视镜中看了看她，不由得就笑了。

车子大约开了半个小时，最后停在了一处海鲜大排档的门口。在李航的指引下，他们进了一个包间，本以为是只有五个人的晚餐，结果包间里早早就坐了半桌人。

夏明月和小森互相望了一眼，显然摸不清情况，只好站在门口对着大家微笑示意，等待主人的下一步安排。

队长看见客人进了门，率先站起来，招呼道："来来来，快坐，都准备好了，就等你们来了就开席了。"

原来，这是队里的老传统。每当有战友的亲友来到北海探望，第一顿饭一定是整个队的人一起接风请客。

夏明月听到这个解释，下意识地看着李航。按理说，他们才见第三次面，理论上也只是父母介绍的普通朋友，但是，李航仍然愿以最亲密、最高级别的规格，将她纳入自己的关系范畴。多多少少，沾些"官宣"的味道了。

大家十分有眼色地看出了事情的端倪，或明或暗地开始对着李航和夏明月两位男女主角笑闹起哄。李航大方地将夏明月轻轻一揽，对着战友们介绍道，"这是明月，"然后又介绍了夏明月身旁的小森，"那是明月的朋友小森。"

　　那顿饭称得上丰盛，但夏明月对菜品实在没有更多印象。她只是清晰地记得，李航将她安排到自己身边坐下，热情又妥当地为她布菜添水，非常周至。而他的那些战友就表现得不够"矜持"了，直截了当地对着主角八卦起来，从两个人如何认识问到两个人将来的打算，说得夏明月不禁羞红了脸。好在所有问题都由李航一一回应，可这一行为被队长断定为"护妻"的表现，让李航也不禁哑言。

　　饭罢，已经接近十点，本是应该就此结束，但队长提议，今天难得人齐，不如再去 KTV 玩一会儿。李航征得两位女士的同意，一行人全体转移到了隔壁的 KTV 包厢。

　　大概都是年轻人的缘故，刚开始的拘谨很快就褪去。夏明月习惯性地用写作者的视角去观察，她发现**无论人们用什么样的身份在社会上活动，其实剥开那一层社会角色，大家都是相似的人**。这一群在训练场上坚毅果敢的钢铁般的军人，其实骨子里不过是爱玩爱闹的大男孩，是感情丰沛的有血有肉的人。

　　她又想到李航，李航在她面前和在战友面前也是不一样的。在她面前的李航，总是柔声细语，温柔至极，在战友面前的李航，也可以粗粗大大，不拘小节。但是，她也说不清自己更喜欢李航的哪一面，或者说，他的全部，她都喜欢。

平时那些"麦霸"自觉地将话筒礼让给了女士。夏明月和小森都不是扭捏的人，尤其是小森，有点大大咧咧的男孩性格，让歌敬酒都不含糊。

李航看着夏明月开心地喝了一杯果酒，然后就霸道地替她挡住了后面所有的酒杯，也不在乎那些战友对他如何起哄了。他知道她不胜酒力，这样来者不拒不过是为他撑场面，他觉得非常感动，可是，自己的女孩哪有不护着的道理？

"哎哟哟，那唱歌吧，明月。"人情老练的队长看在眼里，故意打趣着两个人，问完了夏明月又去问李航，"你说可以吗，老李？"

李航笑笑不说话，眼睛红红的，似乎已经有些醉酒的状态。

夏明月看了他一眼，然后接过话筒，走到了点歌台。

因为从小就学声乐，唱歌对于夏明月来说是兴趣也是专业。闹哄哄的环境，让她来不及更多考虑，随便点了一首推荐页面里的歌曲。

"在那遥远的地方，有位好姑娘，人们走过她的帐房，都要回头留恋地张望……"

一张口，所有人都被那个清亮的嗓音吸引并震撼了。而且，令他们没想到的是，这样一个都市化的年轻女孩，竟然会唱起这样经典怀旧的民谣歌曲。然而，这样一首表达对远方恋人思念的歌曲，真是唱进了这些年轻军人的心里。

"我愿做一只小羊，跟在她身旁……"台下开始有人低声应和着，或许也是想起了自己日夜思念的好姑娘。刚刚热闹的包厢都安静地听着女孩认真歌唱，那些或欣赏或好奇的眼光停留在了她的身上。

　　不得不说，那一刻，李航觉得自己的虚荣心得到了极大的满足，那是作为男人的直白的骄傲。夏明月就是他的骄傲。

　　"明月，我们拍张合照吧，我留着看。"等到夏明月一曲完毕，回头向他张望时，李航便主动提议道。

　　"好啊。"夏明月握着话筒，微笑地看着李航，她觉得他今天有些醉了，因为连她都感觉出来了，李航对她的态度已经是当众的不避讳的暧昧，这可与他之前的泾渭分明完全不一样。

　　李航看她想要招呼其他人，笑着摇摇头，走到了夏明月的身边，用手指在两人身前比画着，一字一字清晰地说道："我是说，我们两个人，合张照。"

　　这下，夏明月真的迷惑了，却也任由他了。

海 上 升 明 月

再骄傲的女孩子喜欢上一个人也是会放下所谓矜持的。

第 七 章

我们谈恋爱吧

到北海的第二天，李航带着夏明月和小森去了海洋之窗。夏明月有些担心，会不会由于自己的突然到来，扰乱了李航的正常训练生活。但是，李航让她放心，说一切由他来安排。

　　再一次坐在李航的副驾位置上，海风透过车窗徐徐吹来，一如两年前一样令人轻松愉快。夏明月安静地坐着，半眯着眼睛，话不太多。红灯的路口，李航转头望了她一眼，抬手将副驾上面的遮阳板放了下来。

　　"晒吗？还是没睡醒？"李航轻声问道。

　　"有一点点困。"夏明月回答道。

　　"那就睡一会儿吧，起码还要一个小时。"李航贴心地将车内广播的音量调小，又向后招呼了小森一声，"都睡会吧，到了我叫你们。"

　　小森正在忙着和男朋友打电话，简单"嗯"了一声，根本没空再回应李航。

　　夏明月才舍不得睡，虽然昨晚只睡了五个小时。

　　她不敢睡，她怕李航会突然发消息给自己，他当天的表现实在令她感到意外，所以她不敢断定，如果就此睡去，会不会错过重要消息。而且，她也不能睡，醉酒的小森实在是太聒噪了，非要拉着夏明月长篇大论，说自己如何看好李航，又说看到好朋友终于找到幸福了令她多么欣慰，说着说着还把自己感动了，又翻来覆去夸了李航一通，搞得夏明月都要怀疑小森被李航收买了。

可是，当所有人都认为他们是一对儿的时候，偏偏她没有等到男主角一句明确的话。

夏明月并不觉得这是自己矫情，爱情是需要仪式感的，她足够勇敢，也足够确信，但她还是希望主动的人可以是李航。可是，李航让她再一次失望了。

李航见两个姑娘都对自己的提议不以为然，于是又调大了车上广播的音量。他心情很好，此时，阳光很好，风景很好，他有着明朗的未来，他爱的姑娘就坐在身旁，他还期待怎样的世界呢。

宁静的夏天

天空中繁星点点

心里头有些思念

思念着你的脸

我可以假装看不见

也可以偷偷地想念

直到让我摸到你那

温暖的脸

……

伴随着音响里传来的甜美女声，李航故作播音腔调说道："下面这首歌是李先生点播给夏小姐的《宁夏》，他想对夏小姐说，'见到你很高兴'，希望夏小姐天天快乐。"

夏明月被他逗得笑起来，心情愉快地跟着歌声轻轻哼唱着。

李航看她一眼，也不由得笑了起来，然后又一本正经地说道："还是我家小朋友唱得好听。"

夏明月敏感地捕捉到了这句话里的暧昧字眼。她觉得脸上烫烫的，又或许是今天的太阳有些晒人，为她的脸庞涂上了一层绯红。

两个人相视一笑，互相的默契令彼此都没有多作解释。

由于是周末的缘故，海洋之窗的游客很多，大多数是家长带着孩子来玩的，景点广播里不时播放着提示信息，要求各位家长看管好自己的小孩，以防走失。夏明月和小森牵着手走在前面，李航将车停好后，紧跟了两步才追上她俩，老父亲似的嘱咐道："不要乱跑知道吗？这么多人，走丢了怎么办？"

夏明月不假思索地反驳道："我们又不是小孩。"

小森笑着说："走丢了，你这个家长负责找回来咯。"说着，她将夏明月的手突然放开，还把人轻轻一推，嘴里念叨着，"还给你，还给你。"

夏明月被他俩这样一闹，先是不好意思地笑了，然后干脆独自一个人往前走着。

李航的大长腿迈了两步就将她甩到了身后，不容置疑地说道："跟着我。"

小森也笑嘻嘻地跑了上来，靠在夏明月的肩头戏谑道："跟着呢，跟着呢。唉，真是大男子主义，但我好吃这套，怎么办？哈哈哈。"

夏明月无奈道："小森。"

小森继续耍贫嘴："我不是小森，我是夏明月心里的小虫子。难道你以为那是我想说的话吗？那是你的心声！"

李航全然装作没有听见，但是嘴角早都笑开了。

三人有说有笑，慢慢悠悠走到售票处。因为李航是现役军人，所以他们只买了两张票。来到验票通道，李航对着工作人员出示证件。那位阿姨低头看了一眼军官证，又抬头核对了本人身份，笑眯眯地说道："现在的军官都是这么帅的精神小伙啦？这女朋友得多开心啊。"

李航礼貌地应了一声："谢谢您，我有主了！"

小森在后面吐了下舌头，八卦地冲着阿姨指了指旁边的夏明月。

夏明月仿佛没听见似的，接过验票人员递回的票根，随手抚平了，整齐地装进了书包里。

李航看着她的小动作，觉得这个姑娘真是哪里都可爱。

他们按着推荐线路一路走一路看，虽然人多，但也玩得尽兴。夏明月最喜欢珊瑚馆，小森喜欢水母馆。当她们问李航喜欢什么，李航说喜欢大海龟，两个女孩哈哈大笑，夏明月还说李航的品位很独特。

李航并不介意她们的调侃，对着夏明月问道："那你知道大海龟最喜欢吃什么？"

夏明月歪着小脑袋猜测说："小虾米？"

李航摇摇头，笑着说："海龟和你一样，最喜欢大白菜。"

夏明月一下就理解了他的话，原来昨天的宴席上他一直在观察自己呢。然而，听完李航的话，她刻意走开了两步，转到了小森的另一侧，故意远离了李航。

李航没想到夏明月会这样做，但是想了一下，并没有追上去，也没有再说话。

中午在公园里简单吃了点零食。因为有着两个小姑娘，李航可没少带口粮，什么牛奶、果冻、牛肉干，简直像是带着小朋友们在秋游。

"真不错啊真不错。"小森"检阅"着一背包的零食，雀跃道，"明月，你这个男朋友真不错，要不是我已经有了老白，啊，你可危险了。"

夏明月已经懒得理会这个八卦的朋友了，她只是看了一眼李航。

李航磊磊落落地站在原地，举着一个圆形小面包，面不改色地道："我是挺不错的。"

就这样，一个大男生带着两个小女生逛吃逛吃。夏明月的目光在哪里停得久一点，李航就跟随着买到哪里，于是，夏明月就吃到了久违的棉花糖，手里也被塞了一个毛绒玩偶——大海龟。

大海龟绿茸茸的，又大又呆。小森说，丑死了。夏明月说，还不错。

差不多玩到下午五点，三个人决定去北海老街吃饭。那是一条拥有两百年历史的街道，两侧都是异域风情的骑楼式建筑，方柱、浮雕、卷拱设计，颇像走在罗马街头。尤其是这样的黄昏时分，更为老街平添了几分浪漫色彩。

李航还记得，当时夏明月还在台湾上学，有一晚他们畅谈彼此最向往的旅行地。夏明月对他说，她很想去罗马看看，想去亲眼见证《罗马假日》里出现的"真实之口"。那是夏明月非常喜欢的电影，是格利高里·派克和奥黛丽·赫本主演的经典爱情片。传说，那个雕刻着海神头像的神秘圆盘可以检测世间的谎言，说谎的人只要把手放进"真实之口"，手就会被咬断。所以，有人会去那里验证爱情，如果默念着爱人的名字，手没有被咬断，就说明被测者的爱情是真诚的，这段爱情是值得祝福的。

李航问过夏明月，那你敢不敢尝试把手放进去。夏明月回答说，当然敢。李航又说，你是一个勇敢的女孩。夏明月就解释；我是一个很清楚自己想法的女孩。

"可惜这里没有'真实之口'。"李航边走边说。

"每个人的心都是'真实之口'。"夏明月很自然地接道。

李航的脚步顿了一下，停下来看着她。女孩子大方而明朗，像她的名字一样，给人的感觉总是明朗而柔美，如同一轮夜空中的明亮圆月。

夏明月被他的眼神看得有点蒙，不禁问道："怎么啦？"

这回不好意思的人换成了李航，他知道自己的目光一定看起来有些急切，如果再将这份爱意隐瞒下去，或许很快就将被"真实之口"审判。

但是，李航还是选择为自己打圆场："没什么，就是觉得有时候你讲话很有意思。"

"喂喂喂。"小森的注意力终于从手机里跳出来，大声抗议道，"你俩能不能别谈情说爱了，赶快找吃的地方吧，你们倒是有情饮水饱，可我都快饿死了！"

李航发现自己并不讨厌小森这个聒噪的姑娘，相反他很乐意有这样一个随时播报两人情感动态的小喇叭的存在，这样彼此省去了很多麻烦。

"知道了，很快就到，就是前面那家。"李航愉快地解释道。

当大家正准备朝着李航选好的酒楼出发，夏明月突然指着一个路边小摊，仿佛发现了新大陆一般说道："哎，你们看，好大的饼。"

李航觉得夏明月真是又奇怪又可爱，忍不住揉揉她的小脑袋，宠溺地说道："小朋友也想要吗？"

"嗯嗯。"夏明月无意识地牵了一下李航的衣角，将他引向路边摊的方向。

"好。"李航笑着满口答应。难道这一点小小要求还不满足她吗？

这一刻，他只觉得可以把自己的全世界双手奉上。

于是，两分钟后，夏明月也有了一张比她的脸还大出一倍的海鲜饼，她举着这张大饼，觉得很搞笑，就建议道："其实我们吃路边摊也很不错啊。"

她先给小森咬了一口，小森品尝之后摆摆手拒绝了。夏明月犹豫了一下，又递到李航面前，李航逗她说："哟，也舍得分给我啊？"

夏明月点点头，说："当然，毕竟我一个人也吃不完。"

李航刮了一下她的鼻子，笑骂道："你还真实诚。"

他们逛啊逛，一直逛到天色渐晚，将这条街从头吃到尾才算作罢。后来，有两个网友说要来找小森，是一个女孩和一个男孩，听说和小森的男朋友也认识，四个人都是一个游戏群的网友，相识两年多了，这是第一次见面。

两行人成功会面后，决定坐在咖啡馆里喝点东西，闲聊一会儿。夏明月在路上不小心扭了脚，因为不想扫大家的兴，一直隐忍没说，幸亏李航细心地看了出来，并在他的严肃提问下令夏明月说了实话。

于是，李航提议他先送夏明月回酒店，晚一点再回来接小森。小森忙不迭地催他们赶紧走，并说不用李航来接，还说一会儿要和这两个朋友去酒吧玩玩，然后朋友们会送她回去，让李航不必费心，好好照顾明月就好。这一番话说得李航进退两难，但看着夏明月微微肿起的脚踝，还是决定按照自己的计划，和夏明月先回酒店再说。

当两个人坐在车里，气氛突然有一点点尴尬，李航看似专心致志地开着车，仿佛没有兴致聊天，只是问过两次"疼不疼"，但夏明月表示不要紧，李航也就没再多话。

夏明月觉得自己坐卧难安，但不是因为伤处的疼痛。她觉得自己好像有什么话想说，又仿佛一张口就会在空气中凝固。风吹得头发有些凌乱，关上了车窗，但一下子更安静了，夏明月简直能听到自己的呼吸声。

这半个小时的路程既漫长又涩然，等到下车的时候，夏明月还偷偷长呼了一口气。

李航看上去倒是没什么异样，他送夏明月进了房间，又下楼找前台要来了冰块和药品。再上来时，夏明月一蹦一跳地给他开了门，李航又好气又好笑，不免责怪道："你呀，说你是小朋友，就真的连路都不会走了，出去玩一趟还能把自己扭伤了。"

夏明月不忿道："我又不是故意的。"不知道为什么，她忽然觉得有些生气。或者说，刚刚在车上的时候，她就已经生气了。

这两天，她也觉得自己怪怪的，一会儿高兴，一会儿不高兴，情绪起伏很大，只是很多时候被自己压制回去了，没有表现出来罢了。

李航却像看穿了她一样，淡淡地说道："怎么了，说你一句还不高兴？今天你一直不高兴，说说吧，为什么。"

夏明月很是惊讶，没想到这个人居然能够解读她的情绪。她以为自己已经修炼得宠辱不惊了呢，没想到在他面前还是一个轻易被揭穿

的小女孩。

"没有不高兴啊，出去玩怎么会不高兴。"夏明月狡辩道，但语气实在不是没有生气的样子。

李航要求夏明月坐到沙发上，然后在她面前单膝跪地，将她的白嫩小脚丫放到自己的腿上，慢慢地将白色袜子褪下一半，用裹了毛巾的冰块在她红肿的脚踝上轻轻揉蹭着。

夏明月看着他的动作，突然觉得有点难为情，她还没有被男生这样对待过。但是就像小森说的，李航有时候确实很霸道，她刚想撤回，李航就攥住了她的脚踝，根本不给她后退的机会。

"别乱动。"李航仔细帮她处理扭伤的地方，紧锁的眉头让他看上去很——帅。文采斐然如夏明月，一时间也想不出来恰当的词语来描述李航的这个神态，总之有点吸引力，有点迷人。她觉得自己应该是精神错乱了，或者被李航下蛊了，不然为什么李航做什么，她都觉得很帅呢。

冷敷之后，李航又给伤处喷上了消肿喷剂，然后半命令半劝解地说道："没什么大问题，你乖一点，休息一晚应该会好很多。"

夏明月乖乖点头，趁机把脚丫从李航的大腿上撤了回来，可是李航还不起来，一双炯炯有神的眼睛还盯着她看。

夏明月只好左看看右看看，表情有些不自然，可又不知该如何化解此时的气氛。两分钟之后，她才突然想到了一个话题："你是不是该去接小森啦？"

李航不回应她的问话，只是看着她说道："说说吧，为什么总会不高兴，嗯？是我哪里做得不好吗？"

夏明月坦诚地回道："没有啊。"天下没有比李航更周到的朋友了吧？至于为什么不高兴，实在是连她自己也搞不懂呢。

李航依然半跪在她面前没有起来。他看着她，几乎是拆穿般地说道："我知道。"

"什么？"夏明月歪头看他，突然有点心慌。

"我知道。"李航说这三个字的时候，声音很轻很轻，却又无比确定。他低头沉吟了一会儿，然后说，"明月，我没想到你真的会来北海找我，像做梦一样。我有话想对你说。"

夏明月被他那认真且深情的神态震慑住了，望着他，脱口而出："我先说！我喜欢你很久了，但是你太优秀了，我没有把握，没有——安全感。"

原来，再骄傲的女孩子喜欢上一个人也是会放下所谓矜持的。又或许，她怕再不说清楚，对两个人都是一种无谓的折磨——这也正是她情绪忽明忽暗的根本原因了。

李航凝视着她，深深发觉自己爱上的女孩并不是一个简单的人，她有着独属于她的倔强、骄傲和坚持，也有着她的感性和柔软。他觉得自己很幸福，也很幸运。

李航诚恳地道："我才没有安全感吧。这几年你进步那么大，我都看在了眼里；而我一直在部队这个单一的环境里，很多时候都在海上，如果十天半个月都见不到自己的女朋友，说实话，我会担心。"

暖黄色的灯光将李航的整张脸晕染得格外温柔，夏明月想说的话还有很多，这一刻，她替两个人高兴，但又有点心疼李航，很想做些什么能够给他安慰，就像他平时对自己所做的那样。

夏明月伸出手，轻轻在李航的脸颊抚摸了一下，她说："我们会做好的。"

这话既像是给彼此打气，又像是给彼此安慰。想到一个女孩子尚且如此勇敢面对，李航再也没有理由选择退缩。

不再犹豫，李航正式向他的女孩请求道："那我们谈恋爱吧！"

夏明月抿抿嘴角，没有急着回答。她只是倾身向前，抱住了李航。

爱情令人甜蜜，思念使人折磨。

第 八 章

你 最 珍 贵

"柔情似水，佳期如梦，忍顾鹊桥归路。两情若是久长时，又岂在朝朝暮暮。"从小就会背诵的诗词，不承想等到长大了，会成为自己的爱情写照。

　　李航和夏明月这对小情侣刚刚才确定了彼此的心意，转眼却要分隔两地。当天晚上，李航就按照规定回到了部队，没能再多陪伴夏明月。面对家人的催促，夏明月也不得不匆匆结束北海之旅，第二天就搭乘飞机回到了长沙。任谁面对这种情况，心情都会难免低落。好在小森一路开导着夏明月，又用自己来举例子，说什么异地总要好过异国，只要日后两个人将生活工作尽量规划在一起就好，感情在，就没什么过不去的难关。

　　夏明月勉强打起精神，也在心里告诫自己不要太沮丧。毕竟生活不只有爱情，朋友还在陪伴她，家人还在等待她。对于李航来说，部队更是第一位的，那她的选择，也是选择之后的无从选择。

　　爱一个人，就应当爱他所爱，不是吗？

　　夏明月不断宽慰着自己，直到李航发了一条信息，夏明月才恍然大悟，理论在现实面前简直不堪一击。比起那些至理名言，李航才是那个能够左右她心情的存在。

李航在信息中说道："宝宝，谢谢你，等着我。"

简单一句话，夏明月的心理防线就被彻底击溃了。

回到长沙之后，忙忙碌碌的节前时光倒也适合填补心中空缺。两个人又开启了"网恋"模式，只是，从此刻开始，夏明月再也不会犹犹豫豫地给他打电话，更不会被动地等待他的电话。那个开朗自信的小女孩又回来了！

除夕的夜晚，一家人团聚在一起吃饭聊天，说说笑笑，玩玩闹闹，就连空气都是温馨甜蜜的。夏明月在陪伴家人吃过年夜饭之后，借口有些醉了，早早地躲回了自己的卧室。视频那一头，李航也早早等待着。

"新年快乐，发发。"

"新年快乐，宝宝。"

夏明月掩着被子笑得开怀，李航取笑他的女朋友笑得仿佛一个小傻子，可就是这样的笑容，让百炼钢也化成了绕指柔。最后，李航只得无奈地叹息道："好想抱抱我的宝宝啊，唉唉唉。"

"振作起来，李航同志！"夏明月看上去比李航乐观许多，只听她安慰道，"前两年我们不是也这样过来了嘛。"

李航当即反驳道："那不一样，那时候你还不是我女朋友。"

夏明月倒吸一口气，反问道："好哇！你不是说的第一眼就爱上我了？你不是说都爱了整整两年了？原来都是骗我的哟？"

李航被夏明月的气愤小表情逗得哈哈笑，赶忙解释道："是呢，不，不是。没骗你，但反正不一样。"他想了想，然后补充道，"总之，现在你是我的。"

夏明月不甘示弱，宣示主权道："你也是我的！"

李航的心里又漾起一丝甜蜜，忽然灵光一现，说道："宝宝，不如我们一起去桂林吧？"

"好啊。"夏明月还来不及思索，就随口答应了对面的男朋友。不管李航此时有何建议，夏明月相信自己都会答应他。她完完全全满足于做他的小女孩，她觉得很幸福。

"又傻笑。"李航说着，自己却也忍不住笑了。可是，一想到除夕夜也抱不到自己心爱的人，再一次叹气道，"真想现在就见到你啊，宝宝。"

夏明月学着他叹气的模样，问道："都答应你了，一起去桂林，怎么还不高兴嘛。"

"小傻子。"李航解释说，"没有不高兴，是太想你。"

两个人商量一番，决定十天后分别从长沙和广州出发，然后在桂林会合。只是，夏明月有一个小小的请求，她要带着闺密一起去，她害怕家人不肯放她一个人春节假期去远游。李航表示，没有不答应的道理，他唯一的心愿就是尽快见到他的女朋友而已。

爱情令人甜蜜，思念使人折磨。夏明月终于知道什么叫度日如年，什么叫数秒过日子。她就像一只被圈在笼中的小鸟，无时无刻不在期待着飞向自由。李航那头也不好过，本来是一个好好的小伙子，现在仿佛傻了一样，动不动就一个人傻笑，被他老子训话了不止一次。

倒计时十天、九天、八天……两天、一天。终于，踏上去往桂林的高铁的那一刻，夏明月觉得自己从来没有那样高兴过。她想起在台湾的那些日夜，李航在电话中陪伴着她，给她讲了一个又一个睡前故事。

他给她讲过《小王子》，一本充满了爱的寓言的书。故事里，狐狸对小王子说："你下午四点钟来，那么从三点钟起，我就开始感到幸福。"夏明月觉得，她就像那只等爱的狐狸，满心期待地去见她的小王子，她很幸福。

座位前排，小森和她男朋友正腻歪在一起看着电影。要是从前，夏明月的心里多多少少会有一些异样感受，但是现在她不羡慕任何人，她拥有着世界上最好的男朋友，而且那个男生给了她世界上最美好、最珍贵的爱情。

夏明月数着站点，和李航不厌其烦地播报着彼此的距离，他们一南一北，不断缩短着距离，思念却被成倍地放大着。

"明月，快到了哦！"最后一站，小森终于肯露出脑袋，提示着夏明月做好下车准备。

"好呢。"夏明月看着小森那么快乐，衷心地祝福着朋友的爱情，同时也期望属于自己的那份爱也能如朋友的一样，穿过时间和空间的距离，不被任何事物改变。

夏明月一行人到站的时候，李航已经等待半个小时了。成熟稳重的大男孩已经提前打理好了一切，做好了线路图，租好了汽车，订好了酒店，一切就差女主角和她的朋友到位了。

"李航！"夏明月在人群中一眼就看到了李航的身影，她向他招手。

李航飞快地迎了上去，朝思暮想的人儿就在面前，可是一时不知道先说哪句好了，只是轻轻抱了她一下，问了一句："累不累？"

夏明月明白他的情绪，因为她也怀着和他一样的心情。确实和两年前不一样了，当这份情感明明确确摆在两人之间，就意味着它不仅仅是冲动和好感，还有着更多意义，这个意义就包括未来。

类似近乡情怯吧，乍一见面的两个人反倒有些拘谨，那些每日讲不完的甜言蜜语也失去了魅力，只是相对着笑个没完。

"你好啊，李航，又见面了。"小森亲密地拽着男朋友白宇的胳膊，笑模笑样地对李航打了一声招呼，"这是我家老白。"

李航看着一身细格套裙的小森，心道：果然在男朋友面前就变得淑女了，仿佛和上个月见到的那个八卦女孩换了一个人似的。殊不知，这只是小森的百变造型之一罢了，她才不会为了谁而改变自己呢。

李航不知道小森的男朋友也会来，毕竟老白也是临时决定从武汉赶到长沙。不过三个人变成四个人并不影响旅行计划，人多反而热闹一些。而且李航对于白宇还是有些印象的，当年他们确实一起组办过武汉地区的大学篮球联赛，这也印证了李航和夏明月两个人倒真的有着难得的缘分。

小森一反常态没有再对此事评论一番。但是无论是从前还是现在，李航都挺感谢他们二人的。

"小森，老白，谢谢你们照顾明月。"李航真诚地说道。

"不客气，现在我们把明月安全交到你手上了，圆满完成任务。"小森笑眯眯的，又一次将白宇展示在李航和夏明月的面前，并且牵着男朋友的手，故意在那一对儿眼前晃呀晃的，不无炫耀地道，"看，我有老白，这回我可不当你们的大灯泡了。"

四个人都笑了起来。李航接过夏明月的行李箱，将自己的行李包放在了箱子上，然后腾出左手，牵住了女朋友的手。

掌心相对的一瞬间，暖意流过了心田。夏明月觉得非常踏实——是的，不仅是甜蜜，而是踏实，这种感觉令夏明月充满了安全感。她十分确定，此刻的自己是被接受、被肯定、被爱的，她想，也许这才是爱情带给人们最大的积极意义。

在李航的细心安排下，桂林之旅顺利开启。第一站，四个人便去了漓江漂流。一路山水一路歌，不同于以往走过的地方，这里的民族风情十分浓郁，确实让人有耳目一新的感觉。群山绵绵，碧水悠悠，随着竹筏缓缓前行，仿佛穿行在一幅山水图中。

这一次虽然不再是一地之主的身份，但李航仍然承担起领队的责任，不仅两个女生被照顾得妥妥当当，就连白宇也对李航连连夸赞——

"我要是个女生，也得选我航哥。"

第二天，他们又去了阳朔。那是一个被称作"小漓江"的地方，著名的艳遇之都，美人和浪子的聚集地，处处泛着暧昧的气息。街上不时遇到穿着大胆的年轻人，青春而热辣，让人忍不住侧目，多看几眼。小森啧啧不断，说是这地方要让老白一个人来玩，她还真是不放心。于是白宇对李航说："航哥，下次咱俩来，不带她们。"当即遭到小森一记飞腿。夏明月也偷偷笑，这个白宇看上去文质彬彬、不善言辞，原来也是一个搞笑"担当"。

夏明月问小森："哎，怎么上次去武汉，没发现你家老白这么幽默啊？"

小森道："我家老白可有眼力见儿了，你上次丧着一张脸，老白又是第一次见你，他哪敢说话？我也不让他说。"

夏明月有些愕然，原来自己在武汉的表现那么差劲呢，还真是对不起小森和老白了，要一路兢兢战战地陪着她这个朋友散心。

"你什么时候去武汉了？"李航完全不知道他们在说什么。

夏明月发觉自己说漏了嘴，此时只好一五一十把事情原委讲给他听。李航听过之后也没多说什么，只是紧紧牵着夏明月的手。

"对不起，宝宝。"他觉得，是当初他的犹豫和摇摆，才让他的女孩受了太多委屈。

好在一切都过去了，新的风景还在不远处等待着他们。

这座山水之城，步步皆是景观。又是一个逛不停的白天，大家玩得实在太累了，决定当晚就在景区的民宿住下。民宿老板娘是一位三十多岁的姐姐，将一身文艺的宽松袍子愣是穿出了风情万种的效果，气质丝毫不亚于那些时尚杂志里的明星模特。

晚饭就在民宿的小院里吃的，主菜是老板娘亲自下厨的阳朔啤酒鱼。浓香的汤汁裹着大块的鱼肉，色泽鲜美，入口即化，夏明月对人对菜都赞叹有加，说是正好有一个旅行杂志向她约稿，她觉得写写这个小院和小院的老板娘就很好，读者一定会喜欢这样的故事。

老板娘看这四个小朋友也挺有趣，干脆拿了酒杯和他们一桌坐着聊了起来。原来，这个老板娘是成都人，学油画的，美院毕业之后做过几年教师，2000 年的暑假一个人来到阳朔旅行，遇见了一个男人，就留了下来。男人是贵州人，独立摄影师，那段时间为了工作一直待在阳朔，两个人住在同家客栈里，一来二去地搭上了话，又相约吃了几次饭、喝了几次咖啡，把彼此的从前和未来聊了一个畅快，都是追寻自由的灵魂，找了一个好天气就领了证，并决定留在阳朔发展。第二年，机缘巧合之下，夫妻两人盘下了当初相识的客栈。第三年，妻子怀孕了，丈夫说想给即将出生的孩子积攒一笔钱，于是接了很多工作，日子辛苦忙碌却充满希望。可是，就在孩子出生前两个月，丈夫进入藏区做一个摄影项目，途中出了车祸，再也没能回来。

女人说罢，将酒杯凑在嘴边一饮而尽，然后低头笑了一下："就是十二年前的今天，他和我说了最后一声再见，就再也没见。"

全场没有一个人敢说话，任何语言在这样的悲剧面前都是苍白的。夏明月突然就看懂了那些随处悬挂的画框背后的故事，那不是风景宣传照片，也不是佯装格调的油画复刻品，那是相爱的两个人的**整整一个曾经**。

"是不是扫了你们的兴？"老板娘恍然了一下，感到有些抱歉，"真是的，和你们说这些干吗，还都是些小孩子呢。"

为了掩饰悲哀和尴尬，她自己先笑了起来，然后叫服务员抱来一坛荔枝酒，亲自为四个远方的小客人逐个儿斟满。

当老板娘靠近身边的时候，夏明月双手扶着酒杯，看着半透明的酒水从坛口缓缓流出，一股果香混杂着酒香扑面而来，那是时光酿造的礼物。

"谢谢丽姐。"夏明月轻轻地说道。

老板娘盯着夏明月的手，笑说："小姑娘弹琴的吧，我那姑娘的手也生得白白细细的，我想让她学钢琴，可她偏偏要学打鼓。倔强得很，和她爸爸一样啊……"

院子里仍然人声鼎沸，隔壁桌有人喝醉了，突然唱起了家乡的西北歌谣，大声招呼着老板娘一起来一醉方休。那个悲伤的故事也随着风儿飘散了，零碎的，模糊的，最后消失在了绯红的天空。

夏明月吸吸鼻子，小小的鼻头早已被她自己擦得有些泛红。昨天玩漂流的时候就有一点受寒感冒的迹象，起床的时候也感觉头晕晕的，然而今天又是不停奔波的一天，她自己强撑着不说，直到李航亲口问了几遍，才终于肯对李航讲了实话。

夜风泛起凉意，李航见她这样，就向小森和老白告了假，说是不能继续陪两个人喝酒了，要先去照顾女朋友。实际上，李航这时已经有些醉了，站起来的时候，整个人都微微摇晃了一下。夏明月偷偷笑他，真是搞不清谁要照顾谁。

两个人牵着手，慢悠悠地进了房间。

洗漱之后，躺在床上，夏明月翻来覆去睡不着。李航搬了一把椅子，坐在旁边静静地守着她，生怕自己一躺下就先睡着了。

夏明月闭着眼睛，本想赶快入睡，也好让男朋友早点休息。但不知是生病的缘故，还是刚才老板娘的故事让她伤怀，十分钟过去了，夏明月还是没能睡着。

李航摸摸她的额头，好在没有发烧。他轻轻地说道："抱抱好不好？"

夏明月微微睁开眼睛，直接向他伸了双手。

那副娇娇柔柔的依赖模样，一瞬间让李航的整颗心都软了。将她抱在怀里，温柔抚着她的后背，李航恨不得将自己的全世界都给她。

"难受吗，宝宝？为什么睡不着？"在她的头顶亲吻了一下，他有些心疼她的辛苦。

夏明月缩在李航的怀里，轻轻否认着，然后问道："我在想，如果丽姐和她的丈夫没有相遇，对两个人来说会不会是更好的结局？至少就不会发生那些意外。"

"嗯？"李航没想到夏明月会突然说起这件事。

"活着比什么都重要，不是吗？"夏明月追问道。

李航微微叹息，回答道："可是没有如果啊。"

"那倒是。"

"而且，即使让丽姐他们重新选择，他们一定还会选择遇见对方。"

"注定是这样的结局，也要选择相遇吗？"

"我相信他们是的。如果换作是我，我也选择是的。"

夏明月沉默了。即使是写小说，她也不曾设想过这样惨烈的故事结局。

生活总是比戏剧更真实、更残酷，文学反倒成了她偶尔逃避现实的避风港。

"我想我没有丽姐的勇气，我是说，如果我是丽姐，我大概不会有勇气一个人活下去，太痛苦了，太漫长了。"她又说道。

"傻瓜。"李航抱着她，耐心地安慰道，"我不会让你面对那样的痛苦，我保证。如果走到那一步，我宁愿两个人不曾相遇。"

"可你刚刚才说没有'如果'。再说你怎么保证呢？又或者出事的那个人是我？"

"好了，宝宝，不要乱想了。"

"可是……"

"快睡吧，明天还要早起呢。"李航替女朋友掖了掖被子。

"我睡不着。"夏明月苦恼地道。

"那讲个故事就睡觉，好不好？"李航温柔哄着，他实在没想到他的小姑娘这样心重，他也并非不为那个凄美的故事所触动，只是他不愿让她沉浸在悲伤之中，一刻也不愿意。

　　"听话，乖乖。"

　　"嗯。"夏明月偷偷睁开眼睛看着李航，心里有一种难以表述的感动。尤其是在听过那样一个悲伤故事之后，微小的幸福也会被放至最大。她想要珍惜眼前的一切，想要珍惜李航。

　　李航轻轻拍着她的后背，继续哄道："闭上眼睛，听故事。"

　　"从前，小狐狸和小兔子住在一座森林的木屋里，他们每天……"

　　"我也想住在木屋里。"

　　"好，先睡觉。他们每天牵手去松林里捡蘑菇……"

　　"我……"

　　她不是非要和他说话，她只是舍不得他。她从没有像此刻这样需要他，害怕离开他。但是，李航的声音低沉而轻柔，仿佛带着催眠的魔力，渐渐地，她就在他的怀里和他的故事里睡着了。

　　李航看着她沉静的模样，轻轻凑在她的额头上落下一个吻："晚安，宝宝。"

　　夜漫漫长。这一觉绵长而满足，夏明月甚至记不起昨晚做了什么样的梦，好像被施了魔法一样，睡得那样踏实。再次睁开眼睛，李航已经不在身边了，行李箱打开着，看上去已经收拾妥当。

第三天了，也是这次匆忙旅行的最后一天。想到这里，夏明月的心情又有了几分不舍。

　　"发发。"

　　"醒啦，我的小公主。"李航听见床上的动静，从卫生间探出了半个身子，脸上的水珠还没干透，有几颗挂在他的黑色短发上，亮晶晶的。

　　每天醒来第一眼见到的人是他——夏明月突然想到，这不就是自己最大的愿望吗。

　　"刚睡醒就傻笑。"李航拿着一块浸过温水的洗脸巾，走过来在小女朋友的脸上擦了一把，"睡醒了没？"

　　夏明月摇摇头，不禁感慨，有男朋友的感觉真好呀，被人宠成了小朋友的感觉真好呀。

　　李航抿着嘴笑，在夏明月脸上亲了一口，又问道："现在呢，醒了没，可以起床了吗？"

　　夏明月抬头看着李航，一下就抱住了他："明天又见不到了。"

　　"傻瓜。"李航在她的头顶亲了一下，"会有机会的，然后就再也不分开，好吗？"

　　最后一天的行程没有安排得很满，李航知道他的小朋友已经在努力克制情绪，尽量没有把低落和难过传达给两位同行好友。直到下午结束游逛，去了预订的特色民宿，夏明月的脸上才浮现出了一抹真实的喜悦。

　　"哇哇！"夏明月抓住李航的手臂，高兴得简直要跳起来，"你是我的许愿星吗，你什么时候订到这个地方的啊？"

"昨天啊，我的小公主说想要一个小木屋。"李航宠溺地说道。那一刻，他确信，原来"你快乐，所以我快乐"这件事真的存在。他太喜欢看他的小女朋友笑起来的样子，甜进了心里的笑容，多少可以抵消一些分别的苦楚吧。

夏明月挣脱李航的手，一蹦一跳地进了木屋，里面的陈设也完全是自然森系风格，加之屋外成片的雨林风貌，简直就是把家搬进了森林。

"我觉得自己像是住进了童话里。"夏明月欢快地说道。

那个晚上，他们一起聊了很多。谈起了彼此的童年、家庭，还有对未来的计划和定位。

夏明月靠在大露台的围栏上，望着满天的星斗说："你知道吗，发发，其实我觉得自己真的好幸运。我考上了心仪的学校，找到了自己愿意为之奋斗的事业，我的家庭很美满，父母很爱我，我已经收获了太多的关注和爱护，但最重要的是，现在我还有了你。"

李航安静地听她诉说，这样一个单纯可爱的女孩子，没有人会不动心。他很想让她明了，他早已把她纳入了自己的未来蓝图，他想要的不仅是一段恋爱，更是一个长久的承诺。

夏明月转过身来，继续说道："但我有点害怕，发发。"

"嗯？"李航笑起来，不知道他的小姑娘想说什么。

"我总感觉幸福得有点不真实，你是真的喜欢我吗？你会一直陪着我吗？"

这话一说出口，夏明月自己也惊讶了。她没想到一向标榜洒脱的自己，也会因为爱情变得扭捏起来，以前在言情剧中看到的拖泥带水的台词，没想到讲出来也是那样自然而然，因为那些都是恋爱中的人的真实心声呀。

李航走过去，将小女朋友圈在了怀里，轻轻安慰道："我喜欢你，我爱你，我希望身边一直有你。"

夏明月忽然有一丝紧张，因为李航靠得太近了，她甚至能听到从他鼻息中发出的轻微喘息声。她下意识地向后靠去，却被李航直接压了过来，嘴唇被一片柔软的暖意覆盖上来。顿时，她感到自己心慌了，也不知道双手该放在哪里，只会紧紧闭上双眼。

她不想逃避他。

"小笨蛋。"李航温柔地亲了亲她，然后就放过了她。

"头发都没吹干，过来哥哥给你吹干，今天早点睡觉。"李航牵着她的手，往屋里走去。

"哦。"夏明月乖乖跟着李航回到房间，又乖乖坐下，任他照顾着自己。有很多时刻，她觉得自己就像是故事里的小兔子，被爱着，被保护着，和他在一起的时候，仿佛回到了小朋友的状态，什么也不用担心。幸福不过如此。

躺在床上，仍然可以透过大大的窗户看到遥远的深蓝夜空，繁星点点，像是眼睛眨啊眨的，它们偷偷藏在月亮背后，听着恋人们的悄悄话。

夏明月枕在李航的臂弯里，明早又要各奔东西，两个人都有一些不舍得入睡。不约而同地，他们回忆起夏明月在台湾的那段时光，两颗心慢慢试探走近的过程，说起来既甜蜜又折磨，**果然双向暗恋是世界上最傻的事情了。**

夏明月说："下次再也不会做这种傻事了！"

李航说："你没有下次的机会了。"

夏明月说："说真的，我还有好多好多想去的地方呢！"

李航说："你去哪里，我就跟到哪里。"

夏明月说："但愿我走遍千山万水，发现还是你最珍贵！"

李航说："好啊，还'但愿'？"

"啊？"夏明月还没反应过来，整个人已经被李航抱了个满怀。

额头顶着额头，李航的目光紧紧锁定着面前的小女生，深深宠溺又满满威胁道："'但愿'不去掉是吧？"

"哈哈哈哈……"夏明月被他的幼稚举动逗笑了，没想到坠入爱河的男人也是这么小心眼，尤其是看上去永远清醒理智的李航，做起这样的事情格外有反差感。

"发发，我爱你。"夏明月说。

"我也爱你，更爱你，宝宝。"李航说。

他亲吻着她的耳垂，用亲密的缠绵告诉着她：没有人会比我更爱你。

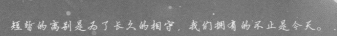

海 上 升 明 月

短暂的离别是为了长久的相守，我们拥有的不止是今天。

第 九 章

二十岁生日

从桂林分别后，李航回了部队，夏明月回了长沙。小森和老白决定在桂林多待一段时间，因为过不了多久，小森又要去到地球另一端，继续完成她的学业。

　　说到底，没有任何一对真实的情侣可以忍受长期柏拉图式的精神恋爱。那些异地恋、异国恋，不过是无奈之下对现状的妥协。实际上，小森和老白已经在为未来做准备，不管是老白过去，还是小森回来，总之一定要想办法结束两地分隔的局面。

　　夏明月和李航面临的问题也是如此。短短三天的相聚，对于正处在热恋期的小情侣来说，实在是远远不够。但是，一边是刚刚起步的事业，一边是无法放下的学业，也只好暂时忍耐，按夏明月的话说："发发，让我们一切从长计议。"他们都希望自己可以成长得更快一些，好让自己做对方的坚实依靠，让距离尽快缩短。

　　受到桂林之旅的启发，夏明月冒出了创业的想法。她想，完全可以复制阳朔模式，将文旅结合在一起，比如她可以在湖南开一家属于自己的客栈，如果成功了，还能带动当地的文旅事业发展。

夏明月将想法和李航说了，虽然在没有任何调查规划的前提下，她自己都觉得有些天马行空，但是李航表示赞成，并且鼓励她去做自己想做的事情。按照李航的话说，趁着年轻，趁着有热情有想法，为什么不大胆地放手一搏呢？

"但是，这样会不会很辛苦呀，宝宝？你要上学，还要写作，这下又要创业，你一个人做这些，吃得消吗？"李航在电话那头说道。他在想，如果不是因为自己的被动情况，或许他的小女朋友就不必这样努力。他有些自责，又有些担心她。

"没事呀。"夏明月态度轻松，并一再解释道，"我不怕忙，只怕闲。再说我讲的这些全部所有加起来也比不上你在部队训练辛苦呢。发发，你要保重自己呀！"

"我没事，我有我家宝宝呢。"李航宽慰着女朋友。部队的日子确实很辛苦，但这是他的信仰和理想，怎么会轻易放弃呢。既然不会放弃，当然也就不会叫苦，尤其是在自己的女朋友面前，这点男子气概还是要有的。

随后，李航发来一张手机截图，两个人的微信聊天背景图正是他们在北海的第一张合影，那时候他们还在彼此试探阶段，夏明月双手放在身前，表情略显拘谨，李航那天有些醉了，整个人倒是很松弛的状态。

夏明月看了截图，脱口而出道："哇，那时候你还不是我男朋友呢。"

李航笑笑，说道："第二天就是了。"

"是哦，我们在一起就快一个月了，唉，可是没办法和发发一起过纪念日了。"夏明月有些遗憾，也许今后的好多个纪念日，或许两个人都不能在一起过了，不知道这种分离的日子什么时候可以彻底结束。

　　李航轻声说道："为什么要叹气，宝宝。我们的日子还长着呢，不是按月计的。"

　　"我想你。"夏明月忽然说道。

　　李航深深吸了一口气，平复了心情之后才说道："我也想你，宝宝。"若不是部队不放人，他恨不得下一秒就去机场，他要见到他的女朋友，他要陪在她的身边，看着她笑，看着她闹，他实在太想了。可是，正如古人所说，"人有悲欢离合，月有阴晴圆缺，此事古难全"，大概这是上天对他们感情的考验吧，可他坚信他们可以做得很好。

　　回到学校之后，日子一天比一天忙碌起来。夏明月将绝大部分的精力都投入她的学业和事业，东奔西跑，查资料，找顾问，虽然很累，但是收获也不小，眼见着心中的梦想在现实中一笔笔勾勒出了具体轮廓，还是非常有成就感的。而且，这样的奔波还带来一个良好的副作用，就是相对减轻了思念的痛苦，有时候，她真的忙到没空去想更多，有几次基本是躺到床上就能睡着的程度，还惹得李航有了"不满"，说她是小猪一样的。可是第二天各种维生素和水果零食就寄到了宿舍，说到底，他还是心疼自己的女孩。

　　随着三月的到来，夏明月的生日临近了。总的来说，夏明月在校园中的社交活动并不多，因为她做的事情远远超过了一个普通大学生对自己的要求，用李航的话说，夏明月是聪明的孩子早当家，已经属于半工半读状态了。

知道夏明月生日的同学不算多，若论起来，程瑞安一定是其中最在意的那一个。

早在生日前夕，夏明月就在一次熟人聚会上收到了来自程瑞安的生日礼物——CUBA 全明星时代西南王的球衣。夏明月虽然不太懂篮球，但她太懂那些小女生的心思了。这可是"粉丝"数万的"篮球男神"，不仅在本校出尽了风头，听说去外校比赛都有女孩儿主动搭讪，不为自己学校的男生加油，反倒"以貌取人"，大声呼喊着给程男神喝彩。

那本是一次平常的聚会，但程瑞安这一出手，使得夏明月当即变成了当晚的女主角，这是令她没想到的。坦白说，从上高中以后，大概是由于青春期特殊的敏感情绪，夏明月总是在竭力避免出风头的事情，事实也证明，这些风头并没有给她带来什么实际益处，反倒给她惹了不少麻烦。

可是，程瑞安作为自己在学校的极少数好友之一，这一番好意总不能当面驳回。

"签个名吧，男神。"众目睽睽之下，夏明月只好将球衣铺开，并请服务员拿来签字笔，然后让程瑞安把名字写到衣服上，算是接纳了对方的好意。

程瑞安不是含糊的人，大笔一挥，写道："我的女神，生日快乐！"顿时，周围的人大呼小叫起来，怪叫声不断。

　　夏明月本是想尽量低调，小事化了，不要引起风波，程瑞安也没有做什么让她为难的事情，可是看客始终不肯罢休。

　　在一众人的催促下，夏明月举着签名球衣和程瑞安拍了一张合影，却不承想，被人随手发在了朋友圈。更令她没想到的是，这一举动不仅引起了那些女球迷的不满，还引来了自己男朋友的不满。

　　当天的场合，夏明月的言谈不多，有人问她就答一些，并不会主动去讲自己正在做的事情，比如现在最令她牵挂的客栈项目，因为还没成形，所以她不想太张扬。

　　在公共场合，她越来越趋向沉默。以前是因为青涩，现在是因为沉着。这种改变，程瑞安也捕捉到了，他一直觉得这个女孩有些特别，尤其是她从台湾上学回来之后，这种气质就更加明显了。她坐在那里总是显得很安定、很稳妥，从她的目光里，人们可以读出她对自己命运尽在掌握的那种从容不迫。这种气场让她看上去有一股"只可远观不可亵玩"的距离感，十分矜贵。

　　程瑞安从来未曾表白，但他觉得自己的很多举动都是在向她表白。他还听说夏明月已经有男朋友了，虽然还没亲自向她求证，但夏明月对自己的态度或许已经说明了问题。别的女孩都是主动靠近程瑞安，只有夏明月在向后退缩。

但没关系呀！——程瑞安这样安慰着自己，只要陪在她身边就好，只要她还允许他在身边就好。

聚会散场之后，夏明月直接回了宿舍，今天难得有一天休息的日子，她不想再给自己安排更多工作了。躺到床上，随手拿起手机刷了起来，这时候才发现有一条被忽视的留言。李航发来一张朋友圈的截图，是在场一位好事者发布的夏明月和程瑞安的合照。下面评论鲜少有真心称赞的，多是一些阴阳怪气的调调。

"这是哪位帅哥送的球衣？"李航的留言也绝不愉快，还配了一个发火的表情。

我的男朋友吃醋了！

这可真是天大的事情呢。夏明月觉得又好气又好笑，想到要是李航在身边的话，一定不会轻饶她呢，可是她也不能不为自己解释一下。

夏明月当即拨通了李航的语音电话，可是直到系统自动挂断也没人来接。夏明月并不在意，她不是黏人的追踪狂，何况做军人的女朋友，这点觉悟还是要有的。

窗外传来几声小鸟的鸣叫，楼道里也不时响起脚步声。夕阳西下，倦鸟归巢，夏明月闭目冥思着明天的行程计划，不知不觉竟然睡着了。

等到再次睁开眼睛，已是接近凌晨时分。夏明月拿起手机，有几条待回复的消息，甚至还有一条程瑞安的生日祝福消息，唯独少了男主角的回音。

夏明月下了床，来到走廊的无人角落，悄声地又打了一个电话，好在这次电话那头有了令人安心的回应。

"喂，宝宝？"

"你在干吗？"

"我怕你睡了，就没打过去，我刚从外面回来，还没来得及收拾。"李航边换鞋子边说道。

"出什么事了吗？"夏明月敏感地反应道。部队都是有严格作息制度的，所以他们的通话时间一般也比较固定。

"对，出大事了，我吃醋了。"李航说得十分坦然。

"哦！"夏明月小声道，"吃什么醋？我才吃醋呢。"

"你吃什么醋，嗯？"被反将一军的李航感到莫名其妙。

夏明月不服气地道："为什么你的每一条朋友圈首赞都是温青青啊！以前就算了，现在你可是有主的人了，她这算什么啊？"

"哈哈哈哈。"李航笑了起来，调侃着小女朋友，"那你没人家手快，这也要赖我？"

夏明月嘟嘟嘴，不依道："那我不管，我才是你女朋友。"

李航宠爱道："当然，你是天你是地你是唯一的神话，可以嘛，老婆大人？"

"哼。"夏明月仍然气哼哼的，也不忘告诫道，"别乱叫呢。"因为这样她会害羞的。

"好了，和你说点正事。"李航清清嗓子，正色道，"宝宝，我要和你道歉，部队马上要出海，应该是赶不及去长沙给你过生日了，对不起了。"

"哦。"夏明月忽然有些泄气，原来直觉是准的，真的有事情发生，还是不好的事情。

"但是小朋友不要难过哦，因为礼物我已经准备好了。"李航想不出还能怎样安慰这个小女孩，虽然能想象出她懊丧的小脸，该是多么失望呀。本来说好了二十岁生日要陪她一起度过，现在就连是否能出现在电话中都不确定。

"好吧，但是我想你。"夏明月小小声说道，她多么希望事情还有转机。

"我也想你，宝宝，对不起。"李航的声音都软了下来，他是真的感到很抱歉，他知道女朋友很看重这个二十岁生日，可是年轻的他们已经尝到了身不由己的滋味。

"没关系咯，那你要注意安全，有机会就和我联系。"夏明月觉得她不应该表现得太沮丧，因为那会让李航也感到难过。她不希望他带着情绪工作，他是军人，那会让他陷入危险。

"知道了。宝宝，那个送你球衣的男生是谁，你们学校打篮球的？是不是之前排剧本那个人？"李航终于又转回了最初的话题。

夏明月扑哧一声，没忍住笑出了声，开玩笑道："是我的'粉丝'

呢，你可不要小瞧我哦。我也是有人崇拜的哦。"

"当然，也不看是谁的宝宝。"李航笑道。

夏明月轻轻哼了一声，傲娇地道："那你再刷新一下朋友圈，看看你的心情会不会好一点？"

李航听话照做，映入眼帘的是一组照片——夏明月和他的合照九宫格，不知道这个小姑娘搞的什么软件，这九张照片拼起来正好是一个心形。

每一张都是他们共同看过的风景，每一张里的她都是笑靥如花。所以，无须更多的文字说明，这就是最好的爱的宣言。

在夏明月看来，她本无意将自己的情感放在大众目光之下，但是如果男朋友为此介意，她当然要首先照顾男朋友的情绪，这是最起码的尊重。反之亦然，她也坚信李航会为了她做出一些必要的解释说明，以免引来不必要的误会。

李航不是那样没有自信的人，会为了一张女朋友和别人的公开合照就恼火，但是夏明月这样主动地"官宣"，却令他感到愉悦。

他们又说了一会儿话，李航催着哄着夏明月继续睡觉，以免第二天没有精神。夏明月和他恋恋不舍地磨蹭了一阵，不知不觉也就睡着了。一个宁静的夜晚，思念无声，李航听着电话那头的均匀呼吸声，过了好一会儿才将电话挂掉。

等到第二天，正日子终于来临。好朋友们在长沙的酒店开了一间包厢，给夏明月精心准备了一场精彩的生日宴会，也算是朋友间的一次难得聚会，毕竟大家长大之后，各有各忙，可以凑在一起的时候越来越少。

当天来了十几个人，大多是夏明月的发小。房间里到处布置着鲜花和气球，还是夏明月最喜欢的蓝色主题，场面甜蜜而温馨。

夏明月很高兴，虽然没有男朋友陪伴，但是拥有来自老朋友的不变的爱意，同样让她感到贴心而温暖。在吹熄生日蜡烛之前，夏明月闭上眼睛，郑重地双手合十许下心愿，她要为她的爱情祈祷一个美好的未来。

学习、工作，很多事情她都可以自己努力去达到，但是唯独爱情，这不是一个人就可以完成的事情，所以世界上才有了那么多为爱情而伤心的人。她不是不相信李航，相反，她无比信任李航，就像信任自己一样，她只是不希望有太多阻碍横亘在两人之间。她不相信那些为爱情矫饰的漂亮话，**爱一个人就是会有难以克服的占有欲和掌控欲**。她希望他们能够日日夜夜陪伴左右，希望每天睁开眼睛第一个见到的人是他。

"明月，生日快乐，见到我是不是有一点惊喜呢，但是我告诉你更惊喜的就要来了。现在，请你稍微转转头，看向门的方向……"

夏明月听到这个熟悉的声音，猛然睁开眼睛看向门口，连蜡烛都忘了吹灭。可是空空荡荡的门前连一阵风都没有，屏幕里的人没能从现实中走来，**原来生活真的不是演偶像剧**。

就在夏明月略感失望的时候，那个影像又动了起来。

"哎？我怎么还在屏幕里？好了，不跟你开玩笑了，宝宝，祝你生日快乐！没能陪伴在你身边，我感到很遗憾，但请你相信，**短暂的离别**

是为了长久的相守，我们拥有的不只是今天。宝宝，其实用千万种方式都不足以形容你的美，在你将满二十岁，几近成熟的时候，我想用一种略微深沉的方式向你诉说：**人们会说，漂亮会随岁月而沧桑，但如果你拥有知识的滋润，便会拥有恒久的美丽……**"

大家静静听着，屏幕里的男生穿着一身板正的白色海军制服，利落的短发将五官衬托得立体而深邃，是一个帅气而沉稳的青年，站在人群当中，绝对是夺目的存在。

只有夏明月注意到了李航身后的简略背景中有一幅蓝色的油画，那正是他陪她在台湾完成的那一幅《Hello，Prince》。一丝隐秘的甜蜜在心头荡开，多少抵消了一些男主角不在身边的遗憾。他在尽力表达他的爱了，不是吗？夏明月相信，自己没有选错人，正如李航说的，他们拥有的不只是今天。等到那时候，他们会在一起，就像那一晚在木屋里畅想的未来，他们会有一个小家，不需要很大，但是足够温馨，每天下班回来，都有香喷喷的饭菜，每到周末休息，就去周围游玩，有了长长的假期，就去更远的地方看看不同风景，然后再归来，继续他们的美好小生活。

夏明月对"二"字开头的人生充满了期待，因为她有了目标，有了李航，有了爱。

她的世界才刚刚起步，道路已在脚下展开，未来无限可能。

第 十 章

空降长沙

谁能想到，迎接二十岁的第一次出行，居然是工作出差。一大早，夏明月就登上了从长沙到上海的飞机，应邀前去接受一个媒体采访，外加一档当地的电台读书节目。青年作家的身份给夏明月带来的不仅是荣誉，还有随之而来的一系列联动变化。这个时候，她的视野已经不仅仅局限于纸上文字，**随着新媒体的火热，每一个创作者都会或主动或被动地进入新赛道，与其被新事物裹挟而走，不如主动迎上，亲眼去看看，亲手去拓展。**

　　这一次的上海之行，夏明月了解到传统纸媒纷纷向全媒体转型的浪潮，过去藏在书本背后的人也被推向前台，作者与读者直接对话，少了些神秘，多了些真诚，再加上网络文学的持续升温，带给传统文学圈的震撼不可谓不大。夏明月庆幸自己赶上了这一次迅速上升的风口，开通微博之后，她短短一年之内也积攒了数十万粉丝，成了青年作家中的红人。

其实，还有一个不必讳言的重要因素，在这个以颜值为噱头的"眼球经济"时代，像夏明月这样的漂亮姑娘确实更容易获得媒体曝光。在电台节目中，就有听众连线表示，没想到文字背后的声音听上去这样稚嫩，看文字分明应该是一个思想独立且有深度的中青年，可作者居然是一个尚未毕业的女大学生。主持人笑说，那应该关注一下夏明月的视频节目，结果可能更令人意外，因为她不仅写得一手好文章，这外形即便进入娱乐圈也是毫不逊色。

　　这一趟上海之行，夏明月在出版社老师的引荐之下，还去接触了两家影视公司，他们表示对夏明月的小说很感兴趣，而且夏明月自己也有意愿尝试影视编剧，虽然只是浅谈了一下合作意向，但夏明月觉得也算不虚此行。**闭门造车的时代早就过去了，只有不停地学习、不停地接触新事物，才不会被这个时代抛弃，何况，旺盛的创造力和极高的可塑性正是青年人的最大特点。她才二十岁，她的世界才刚刚起步，道路已在脚下展开，未来无限可能。**

　　走了看了很多，也思考了很多。夏明月迫不及待地希望有一个可以一起讨论的人，关于眼下的，关于未来的，可是她联系不上李航。李航自从昨晚向她说了生日快乐之后就是失联状态，她知道他是去出海执行任务了，但联络不到男朋友的滋味并不好受，说到底在爱情关系里，她也只是一个需要人陪的小女孩。

　　她突然很佩服小森和老白，那一对儿活在时差中的小情侣。从认识的那一刻起就远隔重洋，几年来见面的次数少得可怜，然而两个人相处起来又那么快乐舒适，这应该就是真爱的模样吧。夏明月希望她和李航也可以，她实在是太想念他了，哪怕不在身边，能听到他的声音也是好的，可现在除了每天给他留言分享生活，其他的，她什么也做不了。

阴历生日那天，夏明月被家人从学校接回了家。喜上加喜的是，这一天她收到喜讯，年初的一篇作品获得了首届"诗意济南"大赛人民文学征文奖。家人聚在一起为她庆祝，夏爸高兴地打开了一瓶藏酒宴请来宾，毫不掩饰的骄傲和兴奋，令夏明月也被感染了。**有时候，她觉得自己只是做了应该做的或是想做的事情，没想到却为其他人也带来了快乐，这不得不说是一种极大的幸运。**

正在家人欢聚之时，门口送来一个快递，收件人正是夏明月。心有灵犀地，夏明月直觉这是李航寄来的生日礼物，他这样细心，甚至计算好了时间，赶在她的阴历生日当天送达。

夏明月怀着兴奋的心情，一个人悄悄跑回了卧室。盒子并不大，但是包装十分精致，还被打上了漂亮的粉红蝴蝶结。她先是拆出一张生日贺卡，上面有男朋友手写的一行祝福语"宝宝，生日快乐，天天快乐"，紧接着又拆出来一只粉红色的碗。

生日送碗？夏明月还是第一次收到这样奇怪的礼物，不知道这是什么寓意。但她知道，李航这样做一定有他的理由。

夏明月拿着粉红的瓷碗前后上下仔细端详的时候，奶奶进来找孙女了。看着小孙女的奇怪又认真模样，奶奶不禁打趣道："宝宝，这是谁送你的一个碗啊？"

"李——同学。"夏明月差点儿说出李航的名字，她调皮地冲着奶奶眨眨眼睛，"奶奶，你什么时候进来的呀，我都不知道。"

"别一个人躲在屋里，你爸爸正找你呢，快回来好好吃饭。"

"知道啦，奶奶，我马上就去。"

说来也巧，夏明月刚要把奶奶哄回客厅，桌上的手机就响了起来，夏明月瞥了一眼屏幕显示的联系人，高兴得简直要跳起来。

"收到礼物啦，宝宝？"没错，是李航的声音。这是他失联以来，两个人第一次联系上。

"嗯！一个很可爱的碗，但这是什么意思哇？"夏明月不解道。

李航听得出他小女朋友声音中的喜悦，逗她说："我想管你一辈子的温饱啊，宝宝。"

宝宝，饱饱——夏明月还未做出回应，听到两人对话的夏奶奶就先发了话："好好好，我觉得非常好。"其实，老太太什么都明白呢，只是小年轻不愿意讲，她老人家也不戳破。

夏明月不好意思地笑了。就这样，一个不算约定的约定在两个人的心底刻下了烙印。

二十岁，大学三年级。岁月未曾饶人，仿佛昨天还参加了入学典礼，如今已经要思考毕业去向的问题。除了正常的学业，夏明月一直没有放弃写作，新作品正在积极酝酿中，更值得一提的是，客栈项目也终于得到了具体落实。经过实地考察和市场分析，夏明月将自己的创业项目选在了湖南桃源县，那是《桃花源记》的出处，风景美，典故美，发展前景很大。

她和李航商量过，李航也觉得十分可取，算了一下这些年积攒的稿费、版权费、奖金等，再加上和父母借了一笔"贷款"，夏明月大胆地投下了这个项目。

李航知道后，打趣她："可以呀，成了老板娘了，那我以后要是没地方去了，可不可以招我去当个看门的？"

夏明月撇撇嘴巴，说道："我倒希望你没地方去呢，只能留在我身边。只怕你飞得更远哦。"

说起来，两个人一个在北海一个在长沙，每日凭靠电话交往，好好的恋情成了"网恋"，想起来真是令人懊恼。可是，又有什么办法呢？只有各自努力，双向奔赴，对明天抱以美好的祝福和期待罢了。

数着日子过生活不容易，何况还要被各种情侣节日花样"攻击"。二月有"214"，五月有"520"，总之隔上两三月，商家就要以爱的名义进行一番商业宣传。不仅是节日当天，早在节前几天，气氛就已经被推向了高潮，学校周边的餐厅和酒店几乎爆满。

晚上，宿舍，照旧。异地小情侣煲起了电话粥，有一搭没一搭地讲话，仍要听到对方的声音才会觉得踏实。

　　等到快要睡觉了，李航突然说道："要不我'520'去找你吧，宝宝。"

　　"哈？"夏明月觉得他一定又在逗自己，部队的人哪是说出来就出来的，何况这一来一回要耽误不少时间。

　　李航偷偷笑，没有向他的小姑娘坦白，其实提前很久他就请好了假，这一趟长沙之行基本没有差错，拖到现在才说，不过是为了等一个确信，外加给她一个惊喜。

　　虽然夏明月没有抱着百分百的期待，但 5 月 19 日那一天，李航说晚上 7 点的飞机到达时，她下午 4 点就从学校回了家，认真地打扮了一番，拖着一个会开车的发小就早早到机场等候。

　　每一秒都是焦急而开心的，飞机晚点了一会儿，直到 7 点 30 分，李航才从出口走来，夏明月再也难抑激动的心情，冲过去跳到了李航的怀里。果然电影里说得没错，去见喜欢的人的时候一定是用跑的。李航抱着他的小女朋友，怎么都看不够，搞得夏明月拖来的苦力司机——发小毛毛，掩目直呼"看不下去了，看不下去了"。

　　李航为了表示感谢，原话是"谢谢对我家明月的照顾"，从机场直接去了餐厅，说要请客吃饭。当然，餐厅一定是选了女朋友喜欢的那家泰餐店，夏明月在电话里提过不止一次，正好也去尝试一下她的口味。

　　席间，李航和毛毛相聊甚欢，而夏明月主要负责吃和看着男朋友傻笑。

李航一直忍着没说，直到毛毛中途去了洗手间，他才好笑地刮了一下她的鼻子，疼爱地说道："小吃货，看来好吃的比我还重要呢。"

夏明月的筷子都没放下，但她是为了给李航夹一道她十分喜爱的青木瓜虾仁。

"真是好贴心哦。"小姑娘笑嘻嘻地自我表扬道，"我不是不想说话，是你们不让我说话。"

说起这个毛毛，实则是一个五大三粗的壮汉子，因为小时候头发稀疏，家长想要他多多长出头发才给起了这么一个小名。毛毛和小森差不多，和夏明月从幼儿园就认识了，一直从小玩到大。所以，李航才能从毛毛口中得知不少关于夏明月小时候的趣事，以及她的小秘密，说到糗处，他们也不让夏明月反驳，于是夏明月干脆秉承沉默是金的理念，不理会这两人，专心享用起了美食。

饭罢，李航已经有了七分醉意，他今天是真的高兴。毛毛二话不说，直接将他们送去了酒店。夏明月替李航简单收拾了一下，替他仔细擦拭了脸和手，又帮他脱了鞋、盖了被，然后也准备打车回去了。谁能想到李航居然是装醉，当夏明月转身离开的时候，李航一个翻身从床上跳起来，紧紧抱着夏明月，不肯放手，仿佛要将连日来所有的思念都化在这一个拥抱里。

夏明月被他的举动吓了一跳，却没办法拒绝这样热烈的表达，当晚她留宿在了酒店，并约定好第二天一早，两个人一起回学校上课。

"520"当天，甜腻的气氛渲染了整座校园。路上不时有捧着鲜花的情侣迎面而过，李航要给夏明月买一束玫瑰，然而夏明月说，只是这样就够招摇了，再不必用鲜花点缀。

夏明月说得没错，一路上他们引来不少打量的目光，从坐在校外早点摊"嗦粉"的时候就没断过，现在进了校园，更是了不得。夏明月作为校园风云人物，第一次和男生一起出现在学校，这本就是一个爆炸新闻，再加上身边走着的是李航这样一个高大帅气的陌生面孔，那就更加刺激了看客心理，或好奇，或八卦，那些如丛林狼群般的目光一直在两个人身上轮流扫射着。

"这里就是你每天生活学习的地方啊，真好。"一开始，李航的注意力还在校园风景上，直到那些火辣辣的目光和他对视了几次，他才察觉到有些不对劲，问道，"明月，平时在学校都这么多人盯着你吗？"

夏明月坦然回答道："我除了上课以外，几乎不出现在校园里。"

李航点点头，了然道："惦记我宝宝的人可真多，这回我得让大家知道你有男朋友了！"说着，他明晃晃地牵起了夏明月的手，这无疑引发了新一轮的躁动，但是李航才不在乎呢，夏明月也不在乎。本来嘛，他们光明正大，他们是情侣，他们是伙伴，又怎么会怕给人看呢。

果不其然，不出三分钟，这条轰动的新闻就像火舌一样在学校的"贴吧"、论坛、群聊里传开了。宿舍的沫沫最先发来消息，问夏明月说："怎么回事,明月,听说你带了一个男生一起来学校?什么情况?"

"嗯,李航来了。"夏明月回复说。

听到这句话,整个宿舍顿时炸开了锅,沐沐赶紧说:"天哪!我们这就来掩护你。"

正好赶上那天的第一节是一门大课,中文系和新闻系五个班级聚在一起,算是少有的大场面。沐沐为了更好地完成掩护任务,甚至将自己在公管院的男朋友也叫来一起上课。

从夏明月和李航一起进入教室落座的那一刻起,教室的焦点就从讲台转移到了这两个人的座位,所有的目光都聚焦在他们身上,搞得夏明月有些不自在。

李航看出了夏明月的不适,轻轻摸摸她的头,温柔地道:"没事,第一次陪你上课呢,好好听课。"说罢,他还从包里掏出了笔记本认认真真做起了课堂笔记。

至于后半节课的小组笔记,李航就退居"二线",看着夏明月和她的同学做着课堂任务,自己则在一边安静地画起了漫画。夏明月转头往他的本子上看了一眼,李航冲她一笑。那纸上画的正是两个人在一起上课的情景。

夏明月宿舍的同学趁着小组讨论的环节,纷纷冲过来表达心声:"明月,你男朋友也太帅了吧!学校'贴吧'都炸了!"

李航看着夏明月,然后对同学们说:"配得上明月就好,中午我请大家吃饭。"

这话说完，李航又成功收获一批"小迷妹"。

午饭被安排在学校后湖的一个家常饭馆，宿舍的同学偶尔也去那里聚餐。可是，今天不一样。李航的到来让整桌人都兴奋起来，就连平时不爱讲话的人也和大家畅聊着，气氛特别好。李航向夏明月宿舍的同学挨个儿表示了感谢，并答应以后有机会还会来请大家吃饭，也欢迎大家去北海旅行。

沫沫感慨地说，其实早就从夏明月那里听闻李航的大名，没想到兜兜转转，最后两个人终于在一起了，大家都祝福他们能够长长久久。一顿饭和气融融，这次算是李航给夏明月撑足了场面，让她在同学们面前以爱情的名义彻底风光了一回。

午休时分，夏明月和李航就在湖边散步走了走，坐在长椅上感受着五月的风吹与花香。夏明月将手放在李航的掌心，被握住的一刹那，她忽然觉得一切都值得。

下午的课是《毛泽东思想和中国特色社会主义理论体系概论》，李航和夏明月为了不引起太多关注，早早就来到教室，占据了一个角落位置。夏明月是个好学生，但坐在李航旁边还能够不分神的都是木头人吧，反正夏明月自觉修为远远不够。

无法集中精神听课的后果，就是当老师点名要求夏明月回答问题的时候，她只能窘迫地站着，支吾半天也回答不出个所以然。李航无奈地

笑了一下，赶忙在本子上写写画画几笔，然后将正确答案指给她看。

学霸男友出手了，这下，夏明月顿时有了底气，照着李航的指引将答案完整念了一遍，算是解了窘境。站在讲台上的老师将事情经过全部看在眼里，扶了一下眼镜，不无调侃地说道："你们的'家属'都要向这位同学的'家属'学习，不仅能陪课，还能当辅导员。"

霎时，夏明月羞红了脸。尤其是"家属"那两个字，让她心里泛起一丝异样的甜蜜，可是众目睽睽之下，更多的还是少女的难为情。

李航觉得有些好笑，又觉得自家小姑娘还真是脸皮薄。那么，下课要带她去吃点好吃的，好好安慰一下才行了。

"让你不好好听课，这下好了，大家都知道你男朋友毛概学得好了！"

海 上 升 明 月

和心爱的人在一起，每一分每一秒都是珍贵而值得纪念的。

第 十 一 章

全世界最懂
我的女朋友

所谓"投我以木桃，报之以琼瑶"，李航的突然到来，对夏明月着实是一个不小的惊喜。为了回馈这个惊喜，夏明月也想为男朋友准备一个快乐而有意义的假期。虽然对于年轻人来说，**和心爱的人在一起的每一分每一秒都是珍贵而值得纪念的**，但对于李航，夏明月只想给他最好的。

　　李航到长沙的第三天，两个人一起去了著名的岳麓山景区。夏明月一改平时作风，起了个大早，并且尽职地催促男朋友也赶紧起床。刚刚起身，李航的头发乱蓬蓬的，只见他抱着枕头无奈地笑："大小姐，我是来休假的啊，你就不能让我多睡一会儿吗？"

　　可是，到达景区之后，坐着缆车依山而上，放眼望去，是秀丽的山水州城，李航就明白了夏明月的决定才是对的。"南岳周围八百里，回燕为首，岳麓为足。"山光水色之间，烟波袅袅之上，令人不得不感慨天工造物的奇绝精妙。

　　"'惟楚有材，于斯为盛。'确实不是一般地方。"李航亲密地揽着夏明月，忽然在她的脸上亲了一下，"怪不得能生出我宝宝这样的才女佳人。"

"……别闹。"夏明月的反应在李航眼中可爱又搞笑，像个受惊的小兔子似的。夏明月十分清楚，突然的心跳加快绝对不是恐高的缘故，但她不由自主地抓紧了李航的衣角，乖巧得像是被家长带着出游的小朋友。

李航将她的一举一动看进心里，觉得又欢喜又得意，忍不住哈哈笑了起来，搞得夏明月一头雾水。但是，他并未多解释，只说了一句："我宝宝太可爱了。"

太阳渐渐爬到正午位置，难免日晒辛苦，游人却兴致不减。当他们来到古老的岳麓书院，夏明月明显活跃了起来。这是她从小就喜爱的地方，不知道来过多少次，但向往如初。人与物，大概总会有一些说不清道不明的情缘，所以才会在陌生的旅途有着似曾相识的错觉，冥冥中仿佛曾经来过。

夏明月对李航说起小时候的事情，小学二年级，学校组织学生到岳麓书院游玩，和大多数同学一样，那是她第一次参观这个本地名胜景点，但她在日记里用的词是"回到"，而非"来到"，还被语文老师特意用星号标出来，表扬她这个措辞颇有灵性。

李航知道，她说这话并不是为了自夸，而是他的小姑娘确实是一个天马行空的人。她的小脑瓜里总在想些奇奇怪怪的事情，甚至有时候李航觉得跟不上她的思维跨度。只是，他并不为此苦恼，相反，他颇为享受，并常常从中感到惊喜。李航十分坚信，所谓有趣的灵魂，应该就是夏明月这个样子。

她还不止这个样子。

一路有说有笑，也说不上是谁陪着谁，总之李航任由夏明月牵着他的手，带着他在烈日之下四处游走，听她以地主之姿热情介绍着岳麓书院的历史典故。

从学术源流到建筑风格，夏明月讲得津津有味，李航听得兴致勃勃。慢慢地，李航发现，有一些家长领着小孩子正在向他们靠近，开始只是零零散散两三人，后来甚至把他们四面包围了起来，俨然把他的小女朋友当成了景区解说。被如此气氛感染着，说不动心是不可能的，李航只觉得一股莫名的骄傲在心头泛起，简直比在训练场上亲自赢得比赛更让他觉得兴奋。

他们走过爱晚亭、云麓宫，还经过了战时指挥部的旧址和革命先烈的纪念墓碑。大概是军人的使命感和自豪感使然，李航不由得给夏明月讲起了长沙保卫战的故事。那是文艺少女鲜少涉猎的领域，但夏明月听得聚精会神，那些历史的过往在她的印象中本是枯燥的考试知识点，此时却被李航讲述得活灵活现，像在眼前铺展开了一幅惊心动魄的历史图卷。

夏明月非常清楚，感动她的绝不是李航的知识和口才，而是李航心中那一番"指点江山，激扬文字"的青年人的雄心壮志，这才是最为宝贵、最值得欣赏的。

后来，他们又去了橘子洲。长沙的五月并非层林尽染的季节，但风景依然动人。临水而立，风吹拂面，无限的情愫奔涌心头，夏明月想起李航刚刚那一番言语，忽然下意识地面对他，抬手敬了一个军礼。李航愣住了，但很快就明白了小朋友的心思，他笑着将她整个人转向了远处的青山，又捏着她柔软的小手，纠正了她的军礼姿势。

女作家张爱玲曾经说过，女人对男人的爱恋一定是夹杂着崇拜的。此时此刻，夏明月深以为然。眼前是祖国的大好河山，背后是一个中华男儿的坚强依托，她也深深知道，这怀抱的力量并不只可以为她一个人提供安全感，作为一名军人的李航，心中存有的不仅是小儿女的痴情眷恋，更是一股刚毅的、坚贞的家国情怀。那是更为广阔的人生理想境界，是夏明月赞同的、赞美的，也是夏明月对李航的爱之基础、敬佩所在。

李航站在夏明月的背后，忽而感慨道："可惜现在看不到'万山红遍、层林尽染'，那一定很美吧。"夏明月认同地道："是啊，很美。有点可惜，才五月呢。"她转过身来，看着李航神采奕奕的那双黑眸，想到是这样一个优秀的男孩子照亮了自己的青春年华，不由得觉得自己实在太幸福。

"小傻瓜。"李航替她抚平了被风吹乱的发梢。他发现，当自己望着夏明月的时候，心里总是不自觉地柔软下来，想要呵护她、疼爱她，更想要成全她。他笑着摸了摸夏明月的小脑袋，认真说道，"那等秋天的时候，你再邀请我来玩呀。"

"为什么是秋天？夏天你就不陪我了吗？我想你一直在。"

"我知道，宝宝。"

也许说起未来还太遥远，所谓承诺不过是一时的情话，谁也无法把握明天的事情，毕竟他们还那么年轻，而年轻意味着一切尚在变动之中。虽然和李航正式交往以来，夏明月就越来越明确一点：这个大男孩不仅仅是她的男朋友，更是国家的军人。国家使命永远大于儿女情长。

所以，才要更加珍惜当下呢！夏明月如是想到。

李航在长沙的第四天行程，同样被女朋友一早就安排好了。这一回，夏明月没有再像前日一样催促李航，而是陪伴他充分享受了一次假期赖床的快乐。她希望这一天的李航可以做回那个轻轻松松的大男孩，暂时忘却日常的琐碎烦恼。

对于夏明月的温柔和体贴，李航一一接受。令他没想到的是，这个小女友比他想象中更懂自己。李航并不记得曾和夏明月提起过他对卡丁车的热爱，尤其是工作之后鲜少有时间去俱乐部赛车，说起来倒像是前尘往事了。可是，夏明月这个小机灵鬼居然猜中了他的心思，将他的假期安排在了长沙的卡丁车俱乐部。

看到李航进入车场之后两眼放光的模样，夏明月就知道这次的安排绝对正确。她笑眯眯地听着李航对她的感谢和夸奖，看着男朋友跃跃欲试地跳进了一辆车里，那种溢于言表的激动仿佛见到了久违的老朋友一般。

可是，作为一个运动白痴，夏明月从来没有尝试过开卡丁车，她只是单纯地来陪玩罢了。李航的几番邀请都不奏效，夏明月依然拒绝开车，态度十分坚决。李航只觉得她这个样子很好玩，哪里还像平时那个在学习上在工作上敢想敢做的女孩呢？

"胆小鬼。"李航从单人座跳出来，揽过夏明月，在她耳边悄悄地说道。然后，眼看着一抹红晕从夏明月的脸颊蔓延到了耳边。

"哼，术业有专攻。"夏明月小声反驳道。真是的，被小瞧了呢！可是，她也是真的不敢自己开车，那种难以控制的感觉太吓人了。

李航忍不住笑起来，在小女友的脸上掐了一把，潇洒地一转身，就看好了一辆双人座的，然后向后伸手道："来吧，大作家，我带你。"

夏明月听了这话，才一蹦一跳地跟了过来，牵住了那只温暖干燥的大手。

"别开太快啊，我还……啊啊啊……"夏明月的话还没说完，李航已经将车飞了出去。

眼前的景物飞速后退，耳边全是呼呼的风声。夏明月很想喊停，可她知道此刻的李航根本听不到。她只好紧闭双眼，祈祷这一刻快点结束，这个勇敢者的游戏看来是真的不适合她。

李航的车技很好，开下来这一圈并没有花费太多时间，对他而言，这一圈连热身都算不上，昔日那些速度与激情的感觉正在体内一点点上升，他觉得兴奋极了。这时候想起来旁边的女朋友，正纳闷儿她怎么这样安静、这样乖，再一看那张漂亮小脸，早已经泛起来一层青白。

坏了。

"宝宝。"李航赶忙将夏明月从车里扶起来，让她坐到了一旁的休息区。夏明月扶着额头，虽然不想破坏李航的兴致，但她确实十分难受。

"没事，就是有点想吐，我可能……"夏明月想了一个词，"我可能晕车了。"

"好好好，对不起宝宝，你休息一下，别说话了。"李航给她拍着背，心里有些自责，刚才只顾着自己玩了，没有考虑周全。

车场的广播正在播报着刚刚的赛程排名，李航那辆车轻松进了排行榜。但他此时已经顾不上管那些了，他只希望夏明月不要太难受，他是真的心疼女朋友。

这时，一个玩家模样的年轻男人走近他们，给李航递了两瓶纯净水，还有一张名片。

"兄弟可以啊，你是高手，一来就能在我们这里上榜。"

原来是这家俱乐部的老板。

李航微笑着道了谢，先给夏明月把瓶盖拧开，让她喝了水，然后说道："陪女朋友玩的，这不，吓着我家'孩子'了。"

老板开门见山地道："兄弟，你能不能跟我们俱乐部的成员赛一轮？要是赢了，那个奖品归你。"说着，他指了指不远处橱窗里一只很大的泰迪熊玩偶。

李航目测，那只泰迪熊快和夏明月一般高了。他觉得小女友一定会喜欢，可是那张小脸依然苍白，想来她一定很不舒服。

李航解释道："抱歉啊，我'首长'不舒服，我得照顾她。"

听了这话，夏明月的目光从手机转向了李航，只见她的嘴角扬起一个好看的弧度，摆摆手，微笑道："这样，我在这里休息，你去吧！赢了的话，我也给你奖励！"

李航犹豫着，夏明月微微探身将他向前一推。

"那你好好休息，别玩手机了，宝宝。闭眼休息一会儿，我一会儿就回来，然后咱们回家。"李航还没发觉，此时的自己俨然成了一个啰唆的家长。不过，他也真的害怕夏明月有什么不适，那可是一人生病两人难受。然而，李航还不知道的是，夏明月的手机里藏着一个甜蜜的秘密。"520"的礼物没能及时送到李航手里，所以夏明月拜托朋友亲自过来投递，现在礼物正在路上。

那是夏明月做了很多功课，又托了熟人才在国外买到的限量版头盔。她知道李航一定会喜欢。之前某一次视频电话中，李航坐在自己的书房里，夏明月一眼就看到了书桌上摆放的一个显眼的水晶奖杯，她仔细观察之后，发现那是某届广州市卡丁车比赛的奖杯，她的男朋友获得了第三名的好成绩。那时候，夏明月就将这件事默默记下来了。

李航这些年的学习工作经历都是在军事管理之下，学业和事业的压力经常让他疲惫不堪，比普通学生不知道辛苦多少倍，何况他又是极要强的人，想要在一个优秀的群体里脱颖而出更是难上加难。对于这些真实的处境，虽然李航鲜少对身边的亲友提及，但其中的困难并不难想象。若不是人生的理想和军人的责任在支撑着，一个年轻人，尤其是一个条件优渥、选择多多的所谓"二代"，是很容易放弃这条并不平坦的"小路"的。但是，"选择意味着无悔"，这是李航一直秉持的信念，也是在谈到未来时，他对夏明月表达过最多的话。

三辆卡丁车并驾齐驱，闪电一般冲出了白线。追求速度与激情仿佛是男生的天性，那种风驰电掣的感觉让李航深刻地感觉到自身的存在，他不是哲学家，说不出太深奥的哲学理论，但他始终认为，一个人只有确切地了解自己在这个世界上的位置，才能够真正地去过一种自主的生活。

夏明月坐在长椅上，眩晕的不适感还未完全消失，让她的眼神显得有些茫然无措，刚刚在男朋友面前故作镇定的神情一下子烟消云散，此时倒多了几分怏怏的倦态。若是和同学朋友出来玩，这时候她早就跑回家躺下了，可是她的男朋友好不容易有假期来看望她，连归期都不能自己决定，说不定明天就会被部队召回，她怎么可能去扫他的兴呢。

正在晃神之际，手机突然振动了。她低头看了看，是毛毛说已经在停车场了。

这一回，司机毛毛是受托来送头盔的。那是夏明月特地为李航准备的"520"礼物，因为快递耽误了两天，所以不得不拜托朋友亲自闪送。

毛毛本就对夏明月和李航的故事早有耳闻，自从接机那天见到男主角之后，更是对夏明月的倾心与深情不再有任何疑问。用毛毛同学自己的话说，他要是女生，也一定会喜欢上李航。毛毛说得很认真，却惹得夏明月不禁笑起来，说是没想到自己的男朋友原来是"男女通吃"啊。

所以，这一次，毛毛接到任务之后，很爽快地就答应了。毛毛对夏明月说，"你不明白，我们男人怎么可能轻易赞美另一个男人，所以说，同性之间的赞美和欣赏一定是真诚的。"毛毛还说，"你看以前追你的那些人，我就真心没觉得哪一个配得上你，还不如我呢，但是李航，我没话说，我认输，我服气，我退出。"

夏明月接过装着头盔的漂亮盒子，有气无力地对毛毛说了谢谢。她有点小私心地想，希望大嘴巴毛毛能够"识趣"地先离开，那么自己改天一定会请一顿大餐来表达感激之情。好在这个毛毛看起来是个糙汉，心思倒也灵活识趣，问询了夏明月的状况并不要紧之后，不用夏明月开口，自己就一溜烟似的跑了，说是"我今天不想吃狗粮"。

这边刚刚送走朋友，赛场的播报就响了起来，如夏明月所料，李航毫无悬念地获得了全场第一名的好成绩。

李航兴奋地从车里走出来，第一时间就朝夏明月一路小跑过来，开心得像一个获得了奖状并想寻求表扬的小孩子。

"宝宝。"李航牵着夏明月，走到那个大玻璃柜前，献宝似的打开柜门，对着小女友笑道，"抱出来啊，泰迪熊是我宝宝的了。"

他的笑容很阳光，他的牙齿很洁白，他的鼻梁很挺拔，他的眉眼很好看。夏明月想都没想，上前抱住了她的男朋友，也笑道："发发，我也有礼物给你。"

李航愣了一秒，然后在夏明月的头顶轻轻吻了一下，心里柔软极了："谢谢宝宝。"

他知道夏明月对他体贴入微，但没想到她温柔至此，内心的感动自是不必多说。两个人牵着手，一起回到休息区。当夏明月单手拖着和她一般高的泰迪熊时，那颗硕大的熊头简直快要挡住了眼前的路，后来还是李航帮她抱回去的。

"给我准备的什么礼物呀？"李航一边念叨着，一边依照着夏明月的比画指引，终于找到了礼物存放的位置。

他迫不及待拆着漂亮盒子，心情写在脸上，透露着掩饰不住的兴奋。

"哇哦！"李航拿出了那个女友精心挑选的限量版头盔，学着刚刚夏明月抱出泰迪熊的可爱语调，笑得眼睛弯弯的，心里的快乐仿佛就要溢出来了。

"喜欢吗？"夏明月微微扬头，亲昵地问道。

李航不说话，连人带"熊"一起紧紧抱住了。他不知道该怎么表达此刻的心情，他没有他那作家女友的斐然文采，但他还是希望她能够明白自己此刻的感受。

李航一字一句地在夏明月耳旁说道："我有全世界最懂我的女朋友！"

他们心中都有一个明确的未来，终点只有一个
就是在一起。

第 十 二 章

去广州，见安安

快乐的时光总是短暂的。如夏明月猜想的一般，李航仅在长沙待了短短四天，就仓促结束了假期。她依依不舍地送李航去了机场，虽然想要表现得快乐一点，可是无论如何都笑不出来。

　　李航看出了她的小心思，温柔地摸摸她的头，安慰道："好啦，乖宝宝。还有机会的呀，不要不高兴。"

　　夏明月撇撇嘴，勉强答应道："那你每天都要给我打电话，不能让我联系不到你。"

　　李航笑笑，柔声说道："当然了，小傻瓜，这还用你嘱咐啊？你不知道我每天有多想你。"他想了想，又补充道，"唉，现在我就开始想你了呢，怎么办？"

　　"哼。"夏明月嘟着嘴巴轻哼了一声，心里又欢喜又气恼。自己的心情何尝不是一样？可是能怎么办嘛，就像李航曾经说的，生活有时候是需要忍耐的。如果是为了李航、为了彼此、为了未来，夏明月觉得自己愿意，但这确实太苦了，比黑咖啡还苦。

"你要好好的，宝宝。"最后，李航恋恋不舍地在她的额头上吻了一下，登机时间就要截止了，纵使心中尚有千言万语，此刻也不得不宣告离别。

望着李航离去的背影，突然之间，夏明月觉得自己患上了分离焦虑症。

果不其然，李航回到广州之后立即进入紧张的工作，白天几乎找不到人，只有晚上的固定时间才是真正属于两个人的。

夏明月也想明白了一件事情：**爱情似乎并不是在甜蜜时刻确定的，反而是在那些懊恼、委屈、焦急、伤心中得到升华的。**

说不清太多爱情的道理，夏明月只知道，每天晚上看着手机屏幕里的男朋友，就恨不得突然冒出一个哆啦 A 梦，给她一扇任意门，让李航过来或者让自己过去，能够实现这一秒想念，下一秒拥抱，总之两个人要在一起才好啊。

夏明月越来越觉得，自己就像一个得不到满足的小孩子，这让她有时候表现得急躁而委屈。而李航体察到她的小情绪，每每只是安抚，从来不会抱怨，或是试图改变她。在李航的心里，说到底是对夏明月有亏欠的，他想过，若是自己换一个职业方向，或许就不会让两个人这样辛苦，如今选择这条路，虽然是自己的意愿和坚持，却也离不开夏明月的理解和支持。所以，在公事之外，李航愿意补偿更多，去满足他的女孩的每一个小小心愿，毕竟她也只是一个二十岁的小姑娘，天真且真诚地渴望着一份浪漫爱情。作为男朋友，有什么理由不满足她呢？

好在这些日子的工作安排比较平稳，让这对小情侣的每晚甜蜜连线可以准时进行。

"我们每天这样通话，会不会打扰到你训练啊？"夏明月想到，便随口问道。她坐在地板上，倚靠着大大的泰迪熊，毛茸茸的，暖烘烘的，让人感觉温柔而踏实，就像李航还在身边。

"小傻瓜。"李航笑得宠溺，隔着屏幕也能感觉到恋人之间特殊的甜腻气息，"不会的，我会安排好。要是哪天没有你的消息，那才是打扰呢，我会心神不宁啊。"

"我是不是有点黏人啊？"夏明月突然发问。

"我希望宝宝可以更黏我一点。"李航回答道。这倒是真心话，夏明月不是一个任性的女孩，尤其是对于他的事情，她懂事得让他心怀愧疚，所以，他倒希望她可以放肆一点，无所顾忌地对他发脾气，让他能够完完全全体会她的心情。

他从来不怕委屈自己，只怕委屈了她。

夏明月听了咻咻地笑，卖乖道："黏人也是没办法咯！那我每天都很想你，想听见你的声音，想看见你的样子。我也不想这样，但我没办法咯！"

李航哼了一声，佯怒道："你为什么'不想'这样？你敢'不想'？我偏要你'想'！"

夏明月笑得更开心了，她想了想，忽然神秘兮兮地问道："那我要是去广州找你，你想不想？"

"真的吗，宝宝？"李航确实讶异了，他知道小姑娘是真的想他了，可是两个人才分开没几天呢，这样"腻"在一起，不知道是不是好事，毕竟上级今天刚找他谈话，要他做好可能长期外派的准备。

李航心里犹豫着，嘴上却不假思索地说着："什么时候来，我去接你。"

于是，一天后，她来了。

广州高铁站，李航见到了从长沙一路奔赴而来的女朋友，以及女朋友的表姐。

"走吧，宝宝，先送你和表姐去酒店。"李航的"男友力"爆表，一人接过两位女士的行李，又做起了热情周到的东道主。

"我表姐比你小呢，你不能叫'表姐'。"夏明月笑眯眯的，跟在李航身后悠闲地走着，一颠一颠地，显然心情好极了。

李航回头笑道："可是你表姐就是我表姐啊，我怎么不能叫。是吧，表姐？"

许雯雯当即应道："哎。"又补了一句，"表妹夫。"

夏明月被这两个人打趣得彻底无语了，干脆闭嘴，不再给自己挖坑，专心吃着她的棒棒糖——那是刚刚见面的时候，李航从兜里拿给她的。他是真的把她当作小孩子一样宠。

两位年轻女士是第一次来广州，早就听说了广州的美食天下闻名，何况夏明月此行目的是见男友，所以并不愿意在酒店多待，放下行李就要李航直接带她们去逛吃逛吃。

　　李航奉陪到底。他一早就听夏明月说起，这回要带一个女伴，只是不知道直接带来了自家亲戚。也算是他们确定关系之后第一次"见家属"，李航自然不会怠慢，何况他早就将此次行程安排妥当，相信即使是"表姐"，也该会满意吧。

　　许雯雯在国外学习生活多年，性格外向，爱好广泛，交际圈子也颇广，绝对称得上是一个见过世面的人，可是面对李航这样的男生，也是由衷地大加赞赏。而且，她的表达相当直白。

　　许雯雯第一句话说："明月啊，这都能让你找到，可以。"

　　许雯雯第二句话说："你可要看好了，别让他跑了。"

　　"哎？"夏明月听了这话，将刚刚夹住的一个晶莹剔透的虾饺放在盘中，正了身子回应说，"表姐，你怎么长他人志气灭自己威风？我才是你亲表妹！"

　　许雯雯看看夏明月，又看看李航，用沉默回答了夏明月的疑惑。确实，虽然夏明月也很优秀，但相比年长几岁，提前"出道"，现如今在部队稳定发展的李航，还在象牙塔的小女生夏明月确实显得稚嫩得多。

　　李航见到夏明月气鼓鼓的样子，想笑又不能笑，连声说道："好啦，当然是我家宝宝更优秀啦，千万不要嫌弃我哦，宝宝。"

李航一口一个"宝宝"地讲习惯了，他们两个人不觉得肉麻，但外人听来是不一样的感受。

许雯雯头也不抬地舀了一勺凉瓜排骨汤，觉得味道很不错，漫不经心地说道："你们俩注意点，差不多行了，我可是一个失恋的人，有没有良心啊？"

夏明月搞不懂为什么表姐总是失恋，但她从不提起，也不见她伤心，所以夏明月并没往心里去。

"好好吃饭。"李航照顾着旁边的小女朋友，夏明月冲他吐了一下舌头，两个人偷偷笑了起来，好像背着大人玩游戏的小孩子一样开心。

不一会儿，李航的手机突然响了起来，还是微信视频电话的提示音。

许雯雯八卦地竖起耳朵，看向夏明月的眼神仿佛在说：没错吧，姐姐都觉得不错的男生，就是这么抢手……

夏明月笑笑没说话。手机那边的人们却说话了。

嘈杂吵闹之间，只听到有几个陌生的男人声音："哇，有美女。""谁呀，谁呀，快给我看看。"

李航拗不过他们，但是废话不多说，马上维护道："我女朋友啊，明月。"

"嗨！"夏明月大方地和李航的朋友们打了招呼，无疑又引来手机里的一片怪叫声。

男孩子们热情地邀请李航带着夏明月姐妹俩一起过去玩，说是他们也快吃好了，还订了 KTV 包间可以玩到天亮。

李航想都没想就替女朋友回绝了，笑着说道："下次一定！"

众人一片嘘声，埋怨李航小气，还说他的这种"护妻"行为实在太过分。

等挂掉电话，夏明月歪着小脑袋，看着男朋友，好奇地问道："你怎么知道我不想去？"

李航拿出纸巾，本是想替女朋友擦一下微红的小鼻头，突然想到对面还有个毒舌表姐呢，就将纸巾递到了夏明月手中，并回答她说："我怎么不知道？你看你，晚上回去好好休息，多喝水，不要熬夜，要是生病了就哪儿也玩不了了。"

"嗯嗯。"夏明月自然地接过纸巾来，自己擦了擦鼻子。大概是路上奔波，加上晚上又吹了风，所以有点感冒的迹象，确实不想再去社交场合应付。

"明天带你见婆婆！"李航突然说道。

许雯雯扑哧一声，笑得差点把汤水喷出来："I'm sorry.（对不起。）但是太好笑了，没忍住，哈哈哈哈哈……"

夏明月又一次当场无语，她感觉今天是栽在这两个人手里了。

但是，羞怯归羞怯，准备必须是充分的。

第二天，夏明月早早就起来梳妆打扮，说实话，她是真的没准备好见家长，何况这也根本不在她的行程计划里。只是，许雯雯劝她说：

"丑媳妇早晚要见公婆的嘛，何况你又不丑，对吧，怕什么呢？"

昨天晚上，许雯雯是躺着和她说的这些话。今天早上，许雯雯依然躺着，话都不想多说一句，只说出发前半个小时再叫她起床。许雯雯和夏明月可不一样，既没有在外面期盼的恋人，更没有见家长的任务，而且时差还没倒过来呢，此刻只想埋头呼呼大睡。

可怜夏明月在镜子前对着自己挑三拣四，却连个参谋也没有。她左看右看，觉得这比任何一次登台表演都要紧张，也不是因为对自己没信心，而是她太看重这次见面了。

她太看重李航，太想成为李航的骄傲，她害怕出差错，害怕李航的妈妈对自己不满意。

在楼上的人已经焦急不行的时候，李航对此一无所知。他在酒店大厅耐心等待着，并没有催促，他知道他的小姑娘还在为了今天的约会精心打扮。本来为了让她多休息，把和母亲的见面时间定在了午后，可谁知夏明月一大早就给他打电话，向他问了一连串注意事项，听上去情绪有一点小紧张。他还笑着安慰她，只是一次家常便饭，也没有外人，何况他女朋友这么优秀，才没有什么可顾虑的呢。

但是，因为心里想着夏明月，李航早早便出了门，大约提前半小时就到了酒店。他一个人坐在咖啡厅里，没有告诉夏明月。

昨天送完姐妹二人，回家已经太晚了，手机里的信息就没来得及回复。温青青说自己要去美国留学了，希望在走之前见上一面。

李航正在思索着如何答复，手机铃声突然响了。

李航瞄了一眼就笑了，是他的小姑娘来找他了。

"喂，宝宝，收拾好了？"李航喝了一口浓黑咖啡，入口苦涩，但心里甜滋滋的。

电话那头也笑了，气笑的。只听许雯雯说道："你的宝宝应该马上就收拾好了，但她现在太忙了，腾不出手打电话，让我先告诉你一声，别忘了时间，一定要准时来接她。"

"好的，知道了表姐，谢谢表姐。"李航心里笑道，觉得这个表姐也是一个挺有意思的人。

差不多又过去二十分钟，李航出现在了酒店房间的门外。

是夏明月开的门。

她穿着简单的白色 T 恤、花色长裙、纯白帆布鞋，海藻般的黑色长发披散在挺直瘦削的肩上，看上去十分清纯漂亮，是在人群里一眼就能望到的那种美丽少女。

李航心中的那股得意又翻涌了上来。

"真漂亮，宝宝。"李航由衷地赞美道。

"真的吗？"夏明月下意识地转了一个圈，想让李航帮她看看有没有忽视的细节需要改正的，"我觉得见长辈还是不要打扮得太刻意，但这会不会又太简单啦？"

李航摸摸她的小脑袋，真诚地道："不会，我宝宝穿什么都好看。"

"走吗？"

"走吧！"

小情侣牵着手出了门，表姐无语地翻了个白眼，锁好门，跟了上去。

李航的母亲自结婚后就从军了，现在已经是当地部队医院的骨干。今天为了见儿子的女朋友，也是认真准备了一番，提前就来到了饭店包厢。当李航带着两个女孩进来的时候，李夫人客气地站起来和她们打着招呼。

夏明月不是一个怯场的人，此时却莫名觉得心跳有些快。原来这就是传说中的见家长啊……她觉得自己高考的时候都没有这样紧张。

李夫人身材高挑，盘着利落的头发，化着淡淡的妆容，看上去就是一位温柔贤淑的女士。

"阿姨好！"夏明月说。

"阿姨好！"许雯雯说。

"妈妈好！"李航说。

"快坐吧。"李夫人嗔怪地看了儿子一眼，笑着去牵夏明月的手，让她坐到了自己身边。

虽说今天的目的绝对不是吃饭，但是，李夫人准备的这一顿家宴十分尽心。从饭店的讲究到菜品的选择，皆是岭南特色，无不凸显主人家对客人的重视。因为李航告诉家里说，女朋友虽然是湖南人，但不能吃辣，这一桌菜竟然没有一道麻辣口。夏明月敏感地捕捉到这些信息，心中除了有对李夫人的感谢，还有对李航的爱意。她知道，这个男生真的在用心爱她，为她的青春描绘着最美、最浪漫的爱情图画。

席间，李夫人讲话很温柔，也很善谈。她知道年轻人在长辈面前容易拘谨，加之又是第一次见面，难免生疏，所以主动挑起话题，讲了很多李航小时候的趣事。

夏明月和许雯雯听得兴致盎然，时不时还向李夫人询问细节，搞得全场唯一的男性有些无奈又好笑，不仅丧失了发言权，只得乖乖听着这三个女人对自己"评头论足"，还不能反驳一句。

李夫人笑着说："你们不知道，以前他上高中的时候，可受女孩欢迎了，去打篮球的时候有好多女同学围着看，有尖叫的，有送水的，有当啦啦队的。平时也总有小女生要跟他一起骑车回家，当时我还没收过女孩送给他的情书呢，满满一抽屉。"

李航一听这话，差点儿呛水，赶紧和坐在旁边的女朋友解释道："一入君门深似海，从此妹子是路人。"

李夫人瞥了他一眼。她算看出来了，儿子这是生怕女朋友吃醋呢。见两个年轻人感情这样好，李夫人笑得眼睛弯了起来。

夏明月突然发现，李航和李夫人的眉眼很像，都是温柔有神的那一种类型，看了令人欢喜又心安。

她当然也不会吃过去的干醋，只是夹在这对母子之间，她一时不知道该说什么好，干脆就保持微笑，这样总不会出错咯。

"当然了，"李夫人拉过夏明月的小手，亲昵地放在自己手中轻轻拍着，温言细语地说道，"那些女孩子可都没有我们明月聪明可爱。"

夏明月听了这话，又羞涩又开心，她自然地望向李航，却发现李航也一直望着她，对她微微笑着。

一顿饭吃得宾主尽欢。饭罢，李夫人体贴地说，接下来的时间都交给年轻人自己做主，让李航带着两个姑娘去广州城好好逛，自己就先回家了。

李夫人不忘叮嘱说："一定要让月月喜欢上广州呀！"

李航听了，止不住地笑，冲着夏明月使了个眼色，打趣说："听见了没？希望你当广州儿媳妇呢！"

大家听了，哈哈大笑，许雯雯笑得最大声。

夏明月站在原地傻笑，窘迫极了，心想，原来李夫人的杀伤力比自己表姐还大。

李航看着夏明月的小脸泛起了一抹害羞的红晕，突然想起了书中的一句话："一位女子的脸红胜过一大段对白。"

李航牵着夏明月的手走出了饭店，许雯雯说自己不想当电灯泡，要求单独活动，还让他们不要到处乱逛，千万不要让她再碰上他们。

李航只好一再表示感谢，并表示等许雯雯逛累了随时打他电话，他愿意当司机。

夏明月并不担心她这个表姐，那是十八岁就独自一人去了异国他乡的女孩，倒是六月的广州的大太阳让她很是困扰，真是太热了，简直晒得人要冒烟了。而且，她真的在心里考虑了一下李夫人的话：要是嫁到广州来，她希望婚礼是在冬天。

"想什么呢，小傻瓜。"李航拧开矿泉水的瓶盖，喂了夏明月一口，"脸上红扑扑的，热坏了吧。"

夏明月下意识地摸了摸自己的脸，是有一点烫烫的，撒娇道："太热了，太热了，不想走了。"

李航听了这话，立即躬下身子，对着夏明月说了一声："来！"

"啊？"

"来啊，我背你，不是不想走了嘛。"

夏明月觉得自己又被戏弄了，在李航的背上轻轻拍打了一下，让他赶紧起来。这里可是全广州最热闹的商业街，她可不想成为什么八卦论坛的娱乐素材，本来和李航这样的男生走在大街上就够引人注目了。

可是，当她的目光全部锁定在李航身上的时候，却没发现自己也是旁人眼中的美丽风景。

这会儿，两个人已经找了一个阴凉处说话歇息。这趟广州之行，让夏明月产生了很多感想，过去她走过的地方少，觉得城市与城市之间无非经济穷富的区别，**现在渐渐有了些历练，她才发现城市是存在精魂一说的。如果经济是城市的筋与骨，文化就是城市的灵与魂，经济与文化又互相渗透融合，才形成了一个个城市的特色**。好比长沙给她的感觉像是一个勤奋上进却焦虑紧张的年轻人，广州给她的感觉则是一个富庶闲散、懂得享受生活的中青年。

她不知道自己的表达是否精准，但是李航听得频频点头，还说夏明月不愧是女作家，出来玩一趟也能从社会和文化的角度去考虑问题。

李航问她："那你以后想留在长沙还是广州？"

夏明月还真的认真思索了，最后却说："我想留在有你的地方。"

李航笑着刮了一下她的小鼻子，正想把她揽进怀里抱抱，只见迎面走来了一个拿着照相机的长发男子，黑衣黑裤，很酷，看样子是个摄影工作者。

"你们好，我是 Youth 杂志的摄影师，可以请这位女士拍张照吗？"酷男子说道，口音有点怪怪的，听不出来是哪里人。

李航和摄影师都看着夏明月，夏明月随即看向李航。

李航笑呵呵地对着夏明月问了一句："可以吗？"

夏明月想了一下，然后点点头。被路边摄影师邀请街拍的事情，夏明月还是很有经验的。只是，这次不是单人照，而是和李航的情侣照，这让她有一点点小兴奋呢。

可是，当夏明月准备去挽男友的手臂时，那位酷酷的摄影师却甩着他那一头飘逸的秀发，不客气地指挥道："女士一个人就好，这期杂志不需要合照。"

"啊？"夏明月心中的粉色甜蜜小泡泡被戳破了。

"好啊。"李航很绅士地退后几步，帮女朋友拿着包包和水瓶，甘愿当起了小跟班。

　　他就那样看着，人来人往中，他的女孩安静地站在街边一角，阳光晒红了她的小脸，长长的发丝轻抚着她的脸庞，仿佛黯淡了四周的风景，只有那一个人是生动的鲜活的存在。

　　摄影师很专业地抓拍了几张，快门的声音像是对女孩的美丽的赞扬。

　　"靓仔，麻烦给我和女士拍张合影。"摄影师走过来，将照相机从脖子上取下来，不容分说地递到了李航的面前。

　　"好啊。"李航很大方，当即接了过来。

　　夏明月不明所以，不过还是配合地拍了一张合照。

　　她拍完就跑了过去，向李航不解地问道："不是说不要合照吗？"

　　那摄影师也走过来，谢了李航，拿回照相机，亲自解释说："佳人难再得嘛！后会有期，漂亮妹子！"然后，他头也不回地走了。

　　留下一头雾水的夏明月，看着那人渐渐走远，也牵着李航的手走开了。

　　他们商议着接下来要去哪儿。李航知道夏明月喜欢画画，她还在台湾上学的时候，两个人就约定一起画一幅画，这下刚好有机会，还不用担心被烈阳暴晒，于是就提议一起去画室。

　　"来吧，别把我的小公主晒黑了。"

　　"晒黑了就不喜欢我了吗，哼。"

　　"你就是变成小黑妞、小绿妞、小紫妞，我也照样喜欢你。"

"你当我是彩虹呀，还赤橙黄绿青蓝紫？"

"斯人若彩虹，遇上方知有。"

夏明月扑哧一笑，被哄得很开心，一蹦一跳跟着李航去了文创园的画室。

这里的气氛很好，两个人坐在一起，共同构思着一幅图画，涂涂抹抹，有商有量，世界仿佛都安静下来了。

"要是每天都可以这样该多好啊。"夏明月喃喃说着。

李航想，那该是一幅很美丽的画面：每天下班回家，就有一盏灯一个人在等待，有温热的茶水、可口的饭菜，还有可爱的小孩和狗狗，吃过晚饭后一家人整整齐齐去附近公园散步，周末就举家出行，开着吉普车跑到山上露营，或者陪着爱人逛街采购一家人的日常用品……大概是每一个人都曾渴望过的爱的归宿吧。

"会有那一天的。"李航拿起画笔，在夜空中点缀上点点星光。

黑夜，月光，树林，湖泊，麋鹿。那是两个人共同选择的图画，**黎明前的暗夜，暗示着静谧的等待，抑或暗涌的寻找。夏明月相信，他们心中都有一个明确的未来，而他们的终点只有一个，就是在一起。**

分担，也共享，以平等的姿态守候尘世，
共同诠释爱的真谛。

第 十 三 章

分
开
旅
行

懂事如夏明月，知道李航的假期有限，没有过多打扰，只在广州待了两天便回了长沙。临走前，李航为她带来了一个好消息，说他正在申请调回广州军区。夏明月了解到，李航的这一计划是把她的未来也包括在内了，而且他想得很远，也很美好。

　　她想对他说声谢谢，又怕他听了觉得生分，于是千言万语尽在一个临别拥抱中了。

　　没有多余的过度。回归了学校生活，夏明月立即投入紧张的期末复习，这使得她的离别之苦减少了很多。想起以前看过的那些文学作品，主人公总是在感情失意的时候转向事业，让自己忙到不得喘息、不得思考，借此来麻痹精神世界的痛苦。她现在十分理解这种心情，但又觉得自己的情况是不同的。

　　她享受学业和事业的忙碌，这让她觉得自己有所成长。此外，她希望自己能够更努力一点，与未来更接近一点，因为终点还有一个人在等她。在一起，不仅意味着情感的联结，更是一种彼此奔赴的期许。夏明月相信，他们终将在更高的地点会合，享有更自由的世界，去完成他们共同构筑的那一幅生活的美好图画。

李航的鼓励就是夏明月的期末时光最强力的兴奋剂。他的每日陪伴，他的温柔叮嘱，都令夏明月深深感觉到了一股甜蜜而满足的暖意。她忍不住感慨恋爱的好，但转念一想，如果不是遇见李航，恋爱是不是仍会这样美好？她觉得答案是否定的。她相信，李航是上天派给她的青春最好的礼物，她更相信，没有人可以替代李航，他就是她的唯一。所以，她希望自己可以更优秀一点，再优秀一点，才可以配得上这一份珍贵的礼物。

夏明月没有和李航说过的是，虽然那些言语的鼓励非常令人暖心，但是，真正鼓舞她的却是李航对待自身学业事业的态度。刚认识的时候，李航是军校生，现在的他是一名真正的海军战士，但不变的是，李航一直是夏明月心中的榜样力量。那样艰苦的训练，那样严明的纪律，种种成绩的背后都是这个大男孩不懈努力的结果，他的坚毅、果敢、自信，无时无刻不在鼓舞着夏明月继续向前。

十五六岁的时候，她读到过一首舒婷的诗歌《致橡树》："我如果爱你——绝不像攀援的凌霄花，借你的高枝炫耀自己；我如果爱你——绝不学痴情的鸟儿，为绿荫重复单调的歌曲……我必须是你近旁的一株木棉，作为树的形象和你站在一起……"

懵懵懂懂的时候，她感到了一种难以言说的喜悦，**因为这就是她向**

往的那种亲密关系，分担，也共享，以平等的姿态守候尘世，共同诠释爱的真谛。

李航让她看到了这种希望，或者说，他满足了她的全部想象，也给了她足够的空间去追逐他的脚步，因为他足够优秀，也足够令夏明月信任。

"发发，你要一直一直陪着我哦。"

"当然了，休想甩掉我。"

然而，两个人的约定并未在这个暑期实现。李航突然被部队安排出海，因为任务艰巨，可能许久不能见面。事发突然，却也意料之中。这回，夏明月反过来安慰李航道："没关系哦，发发，暑假很长呢，我等你回来。"

对于恋爱中的少女来说，缺少了恋人的日子便失掉了很多光彩，但并不无聊。夏明月给自己做足了暑期计划，关于接下来大四的学习计划，还有一直坚持的写作计划，以及更远的，毕业之后她和他的共同方向。

但是，由于表姐许雯雯的盛情邀请，夏明月不得不暂时中断了这些计划，只得以"过来人"身份陪伴表姐来一次台湾深度游。说白了，许雯雯需要一个旅伴外加导游，现抓的话，身边的人看上去就这个表妹最"闲"。

于是，暑期开始后的第七天，夏明月和表姐踏上了去台湾的旅途。

这是夏明月曾经学习生活了一年的地方，她熟悉这里，也喜爱这里，从台北到澎湖，她一路上都给李航拍了照片、录了视频。他们有一个共同的电子日记本，共享账号密码，可以分别向里面添加内容，两个人都能看到。

这很像过去的老式通信，但又比写在信纸上要丰富得多，因为可以在内容里添加影像和声音，又是即时的，令情感不会延期。夏明月很喜欢这种分享生活的感觉，尤其是当李航不在身边的日子，她的日记就像是一次次深情的诉说，记录着她的心情、她的爱情，留待他海上归来之后可以翻阅、了解。

"哎，你真的不想去吃夜宵啊？"许雯雯看到她一个人坐在酒店床上鼓捣手机，就笑话她是被"远程遥控"了，李航什么话都没有，她就甘愿为他放弃门外的一派灯红酒绿不夜城。

"不是刚吃完吗……表姐你又饿了吗？"夏明月放下手机，看着许雯雯。

许雯雯低头看了一眼自己鼓起的小肚子，又看看床上躺着的吃得不比她少却一点不长肉的亲爱表妹，没好气地说："我不饿啊，但出来玩啊，这才八点，就要躺下吗？"

"那好吧。"夏明月点点头，心想着，出去转转没准儿可以遇到好玩的事情，回来写下来，同李航分享旅行的快乐，好像也不错哦。

我们的日记薄

　　今天和表姐在忠孝东路来回逛，我很喜欢这里，尤其是带着仲夏气息的台北街巷，熙熙攘攘的人群，热热闹闹的市场，让人有一种人间烟火气的感觉。

　　发发，要是陪在身边的人是你就更好啦！嘘，这句话是悄悄写的，不能让表姐看到，她现在就端在我旁边吃薯片。

　　当然哈，和表姐在一起也很开心，但是，谁让全世界我最喜欢的人是发发你呢！

　　和你说哦，晚上的时候，我觉得有点累，想要早点休息，但还是被表姐拽出去逛了夜市，我没吃什么东西，但是看到有一家小小的凤梨酥店，门口排了好多人，我想口味一定不错，等到快回去的时候我去排队给你买一些吧，多买一些，让你可以带到单位和战友们分享，大家一定会很喜欢。

　　但是，以上所有只是花絮。今天最值得一提的事情是，我买到了杰伦的《七里香》签名专辑，是初代哦！很棒吧！是老板放在橱窗里的展示品，非卖品，但还是被我软磨硬泡买下来了，怎么样，你的女朋友是不是超级厉害！嘿嘿。

把它给你当作七夕礼物怎么样？

你会喜欢吗？

你不会七夕都不回来看我吧，那我真的会——会非常非常想你哦！

不知道你记不记得，我们第一次一起唱的歌曲就是《七里香》。

我想和你一起看雨下整夜，我想和你一起品尝秋刀鱼的滋味，我想把你写进我的诗篇。

那么，我是不是你唯一想要的了解？

想你。

　　安安，你猜我现在在哪里？我们今天从台北搭乘早班机到了澎湖岛。我记得坐在你车里的时候，我们一起听广播，听到过《外婆的澎湖湾》，你说你很喜欢这首歌，会让人想起海边的童年生活。现在的我就在这里哦！

　　下了飞机，我们在码头停留了一会儿，我看到了港口停靠的船只，挂着旗帜，像是一封封已经贴好邮票的信件，早就预定好了出发的命运。我努力想象着，你站在船上的样子，那一定是你从小就梦想的画面吧，像你的父亲一样，成为一名中华人民共和国海军是你一直以来的梦想。我想告诉你，这样的你是我的骄傲。

　　澎湖岛的夏天很美，美得璀璨。尤其是澎湖的夜空，满天的星星，就像那天我们在广州的画室，你点缀上去的那些星光一样。银河仿佛触手可及。可是，如果我连星星都触碰得到，为什么我却连你在哪里都不知道呢？想想又有一点小伤感，不要说我不够坚强哦，我也只是一个小小女生，一个爱着你的小小女生。

　　还有，今天吃到了超级好吃的黑砂糖、葱油饼和仙人掌冰。我拍了好看的图片给你看呢，可惜你吃不到，嘻嘻。以后要和安安一起来吃喔！

　　想你。

　　我在阳明山，你在哪里？今天和表姐一起在阳明山玩了一个遍，看了日出，泡了温泉，行程满满。或许是太累了，总感觉这一天兴致不太高呢，也或许，是因为太想你。

　　我记得你和我说过，你很欣赏王阳明，当时我们在长沙，你还给我讲了好多王阳明的心学观点，我真的觉得你好棒啊，发发。要知道除了在课堂上，还没有谁和我认真讨论一种理论，你是第一个呢。表姐说，我这是犯花痴了，所以看你什么都好。我也不知道为什么，反正我就是喜欢喜欢你。

　　表姐说，从台湾回去之后，她也该准备回美国了，不过明年也许在瑞士。我问她，为什么总喜欢跑来跑去的？

　　她说，为了自由。

　　我就在想，发发为什么也喜欢跑来跑去的呢？因为理想，因为责任。我替你回答啦！我聪明吧！但是，你知道我为什么也要跑来跑去吗？因为我想感受你，我想追随你。窗外依然阴沉沉，不知道会不会下雨。

　　希望你那里不要下雨，下雨就没有月亮。你说月亮就是我，你在海上的时候，只要望着月亮就不会难过。我不想要你难过。

　　发发，今天特别特别想你。

夏明月按下保存键。不知道这些花花绿绿的电子日记什么时候才会被男主角读到。已经是七月的最后一天了，逐渐走向盛夏，空气中混杂着潮热的暧昧，世界充满了一股神秘力量，仿佛要揭开所有的秘密。

她打开微信，卡在零点时分发了一条动态："八月了，最想见的人是谁？"然后就放下了手机，想要看会儿杂志就睡觉。

"雨下整夜，我的爱溢出就像雨水；窗台蝴蝶，像诗里纷飞的美丽章节……"手机铃声响起来，而且是某人专属的铃声。夏明月激动得差点把手机掉到地板上。

她等待这个电话像是等一道幸运绿光一般，时刻盼望着，而真的等到了却又觉得那么不真实。

李航自从出海之后，一直处于失联状态，只能等到有信号了或是途中上岸，才能和外界取得联系。

"最想见的人是你。"

整整二十一天，夏明月终于听到了这个熟悉而温柔的声音。

"别哭哦，宝宝。我刚上岸就赶紧想办法联系你啦，在地球的另一端，非常想念你。"

夏明月揉揉眼睛，突然觉得这个男人很了不起。

海 上 升 明 月

或许我可以实现你的愿望，所以你的愿望是什么呢？

第 十 四 章

许愿迪士尼

短暂的惊艳一现，又是长久而不确定的失联。

五日后，夏明月独自从台北回到了长沙。因为她接到了一个任务——担任郎朗钢琴音乐会的主持人。

琴艺过人的夏明月，从小学起就是学校文艺会演的主担当，后来又因为文学作品而声名大噪，在长沙的青年文艺圈子算得上颇有人气。主办方也正是看中了这一点，所以邀请她来担任此次音乐盛典的主持人。

虽然从小到大不知做过多少次活动主持人，但是郎朗万人音乐会这样的级别还是第一次，也难怪她既兴奋又紧张。她甚至没有和李航提起具体活动行程，只说自己会参与一个音乐会的主持活动。她希望成功之后再得到他的赞许。

毕竟是专业的活动现场，夏明月前后忙碌了好几天，觉得有了十足把握，才终于放松了一些。然而，还有比她更兴奋的人，就是夏明月的发小组成的"夏明月亲友团"。

当晚，夏明月盛装出场。临上台前，她给李航发了一张自拍，留言说："你的女孩，今夜跨星辰。"

白裙飘飘，长发飞扬。今晚，注定是夏明月的闪耀之夜。她的专业，她的聪慧，她的青春，不仅代表着长沙女孩的魅力，更是显示出新一代年轻人的蓬勃力量。

夏明月自己也有一种异样的感觉。她发自内心地认为，她应该是属于舞台和人群的，那些注视的目光会激发出她的无限潜力，让她表现得比平时练习时更佳。她为自己的这一发现感到开心，那样骄傲的一刻，她多么希望李航也能在场见证。

舞台下，那一群人是夏明月最好的朋友，他们从小在一起，呵护她，宠爱她，让她像一个小公主一样长大，无论什么样的处境，都愿意站在她那一边支持她。还有一对中年夫妻，那是夏明月的父母。自从夏明月少年成名以来，还是夏家父母第一次参加宝贝女儿的公开活动，夏爸更是一早就准备好了摄影机和望远镜，想要记录下女儿的光辉时刻。

远远望着她的至亲好友，夏明月觉得内心很复杂，她觉得自己非常幸运，拥有了全世界最好的东西，那就是爱。

等到演出结束之后，工作人员一时还无法离开。夏明月在后台等候中，得空拿起手机向外面的亲友解释还要等一会儿才能和他们会合。无意中点开了朋友圈，却发现李航的动态居然更新了，是一张特殊的合影：李航举起手机，和刚刚舞台直播大荧幕上的夏明月合影成功，配文是："我的女孩，真棒！七夕快乐！"

他来了！他居然来了！

可是，还等不及夏明月过多探寻，当工作人员撤出之后，探班的亲友团就涌入了后台。朋友们很快就将夏明月簇拥了，鲜花和赞美简直要淹没了休息室。夏家父母来和夏明月说了几句话，知道年轻人之后还有庆功宴，便主动说天色晚了先回家去。

夏明月送父母出了休息室，妆容还未卸掉，整个人显得有些疲惫。她仍在张望，那个注定要给她惊喜的男生为什么还不出现，总不会刚刚是自己眼花的错觉吧？

然而，就在她要转身回房间时，拐角处突然出现一大捧鲜花，李航从背后走了出来。

"发发！"夏明月看到是他，想都没想就扑了上去，不知道是感动，还是惊喜，抑或是更难表明的复杂情绪，一下子，夏明月泣不成声，抱着李航不肯撒手。

李航轻轻拍着她的后背，安慰道："好啦，不哭啦。"

他不急不躁地等着夏明月哭完，心疼她小小年纪承受了这样大的压力，有感情的，有学业的，有事业的。他太了解她了，知道她是一个多么要强的女孩子，才会对自己有着这样苛刻的要求，所以，可以抱住她的时刻，就让她尽情释放吧。

等到夏明月情绪缓和一些，李航轻轻替她擦干净小脸，笑着问："不哭啦？宝宝今天真漂亮。"

夏明月自己也用手抹了抹眼睛，心里知道这一哭肯定把妆面都哭花了，有些嗔怪道："你笑话我。"

李航见她是真的好了，心里也很高兴。在她耳边轻轻吻了一下，低声道："是真的，非常漂亮，我的宝宝。"

夏明月抬起头，长长的睫毛上还挂着泪珠，然后出乎意料地说了一句："你也很帅。"

她说得真心，但李航没忍住扑哧笑出了声。

这个世界上，再没有比他的明月更可爱的女孩子了。

夏明月不知道李航在笑什么，任由他牵着自己走回人群，再一次接受着大家的欢呼声。

那一晚，月明风清，夏明月觉得那该是她走过的日子里最快乐的夜晚之一。她想，这就是爱情最好的模样吧，彼此发光发热，彼此互相支持。

次日，李航陪着夏明月在长沙度过了悠闲的一天。他们去公园划船，看她像个孩子一样快乐无忧地吃着零食，晒着太阳，玩着水，命运仿佛对这个女孩子有着特殊的优待，将一切美好都给了她。不仅给了她美貌，还给了她聪慧，更给了她最纯净的孩童般的心。

若是爱情一定需要解构出各种理由，李航不得不承认，他喜欢夏明月的理由之一，是夏明月可以带给他生命的能量。和她在一起，就可以忘掉那些烦恼和焦虑，她会让你相信，这个世界真的存在美好，未来的日子真的值得期待。

他甚至会觉得，如果自己不够努力，是否配得上这份美好？可惜，那个小傻瓜还总是觉得自己不够好，还因此自寻烦恼呢。

他们去了橘洲音乐节听音乐会，还去了夏明月曾经读书的周南中学。

她带着他去参观了学校的琴房，那是她以前经常出现的地方。无论是快乐还是伤心，音乐始终是她最忠实的伙伴，在这里不需要观众，是她一个人独自享受音乐的时刻。陈旧的立式钢琴，已经有些年头了，掀开琴盖的那一刻，所有的记忆扑面而来。

夏明月调皮地说："你想不想知道我以前的故事呀？"

李航说："想啊。"

夏明月说："很长很长哦！"

李航说："我有一辈子听你讲。"

但是那一天，他们并没有讲起曾经的故事，因为创造属于两个人的回忆才是夏明月当下更愿意做的事情，有李航的每一天才是她最珍视的存在。

夏明月为李航弹了一首《小星星变奏曲》，简单的主旋律，不断变化的节奏音域，或许就像人生的曲线，无法一直平缓，却也蜿蜒向着前方，指向遥远的终点。

李航说不出更多的专业评语，但他觉得夏明月弹琴的时候整个人的状态是不一样的，这是一个天生就属于艺术的女孩，她理应站在舞台中央被鲜花和掌声簇拥。

她会发光——不知道为什么，李航的脑子里突然冒出这样一句话，但又觉得这话说出来不够"艺术"，有在作家女朋友面前班门弄斧之嫌，所以自己笑了一下，并没有讲出来。

"在想什么呀？"夏明月一曲完毕，看着李航高深莫测的笑容，有点摸不着头脑。

"在想，我的专属夏日浪漫都和你有关。"李航微笑道。

只是，这样的快乐仍然是短暂的。十四个小时之后，李航就踏上了回部队的列车。夏明月将记录着两个人点滴过往的电子日记本打印成册，交给了李航留作纪念，并且约定只要有机会，他们就相约见面，无论是谁奔赴谁。

日子似乎又恢复了以往的平静，但夏明月清楚，有些东西已经不一样了。不知道是不是受到音乐会事件的鼓舞，还是因为距离毕业越来越近，夏明月只觉得自己应该做更多的事情，也可以做更多的事情。

她将自己的日程安排得满满的，也将计划一再提前。几天后，受到澳门濠江中学邀请，夏明月赴澳门做文学演讲。这是夏明月第一次来到澳门，不一样的人文环境深深吸引着这个好奇的年轻女孩。一次参观游玩途中，她看到了"澳门大学"的门楼，鬼使神差地进去走了一圈，不知怎的，忽然就萌生了来这里读书的念头。但她没有告诉任何人，她很早就学会了将计划深埋而后默默努力的行事方式，只有当计划变成日程，才可以理所当然地宣布这是属于她的未来。

另外，筹备客栈的事情也渐渐逼近。虽然请了专门的经理人去着手办理各项手续，但是作为项目主理人，很多事情还是要夏明月自己拿主意，亲力亲为必不可少。学习之余，她的一部分精力就放在了客栈筹建上。

夏明月发挥着她的文艺特长，希望将客栈打造成充满文艺气氛的旅行居所，让来这里的人们可以拥有风景与人文的双重体验。她精心布置每一处细节，偏偏在客栈取名的问题上陷入了矛盾。她预备了十几个名字，有雅有俗，但都觉得不妥。后来，在一次和男朋友的电话闲聊中，她得到了一个颇为满意的答案。

当时，夏明月问道："你说，我取什么名字好呢，才能让人记住呢？"李航说："取什么都好，你说的都好，只要有我的位子就好。"夏明月灵机一动，说道："以爱之名，赠你一席之位，那么就叫'位子'吧！"于是，这世界上就有了一间叫作"位子"的美丽客栈。

日子就这样有条不紊地过着，李航仍会不时在海上出任务，数日无法联络。但是夏明月不再惶惶，她越来越笃定两个人的感情稳定不在于朝朝暮暮的儿女缠绵，而是关乎两个人在各自的赛道上是否做得出色。只有成为彼此有力的支撑，共同进步，两相平衡，才是长久在一起的唯一解。

在这样的理念之下，夏明月将剩余的时间全部投入写作事业。她一边写专栏，一边筹备新书，作为少年成名的才女一直颇受媒体关注。如今，在媒体宣传上，她是优秀青年人的杰出代表，小小年纪就在《今日女报》拥有专栏，还以客栈创始人与青年作家的双重身份被邀请参加电视节目《超级毕业生》的录制……频频地在杂志、电视上亮相。

对于这些，即使夏明月自己不说，李航也很难看不到。所以，李航说："见证你的成长，我的荣幸。"但不得不说，这样一个进步飞速的女朋友，也带给了他很大的压力。

甚至，有一次，他们深夜谈心，李航问她："宝宝，如果有一天，你发现我并没有你想象中那样优秀，我无法做你的领跑人，还需要你拽着我前进，怎么办？"夏明月想都没想地回答说："你就是很优秀啊，但是，如果你真的累了，不想跑了，我就推着你、拽着你，总之不会不管你啊，我们一起的嘛。"

夏明月还说，这次去上海录制节目，她有一个私人愿望，就是想去迪士尼看烟火。这话她以前也提过，因为李航上学的时候经常去上海做学术访问，对上海这座城市比较熟悉，所以当时答应过女朋友以后一定会陪她去的。如今事至眼前，李航却无法轻易承诺。

但是，能为她做到的，李航绝不推托。

关于夏明月去上海的行程，李航为她做了周密翔实的安排，事无巨细，堪称保姆级别的旅行攻略，还拜托在当地的朋友特意为她送来预防气温骤降的衣服和鞋子。但李航心里明白，夏明月真正想要的是他本人可以到场，陪她一起去迪士尼看烟火。

夏明月是第一次来上海。上海的风情的确很美，这颗"东方明珠"像一座拥有魔力的城市，每天都吸引着无数的年轻人向它涌来。当她站在酒店的窗前，看着窗外人来人往，那些摩天高楼，那些人潮汹涌，总让她觉得自己是如此渺小。不知道为什么，上海让她着迷，也让她惧怕。

好在这次上海的活动非常顺利，并没有出什么岔子。她成功地向这座城市介绍了自己，也感受到了这座城市对她的热情。所有公事完成，明天就是留在上海的最后一天啦，她特意将迪士尼的行程放在最后一刻，就是希望那个人能够来和她共同实现愿望。

可是，直到最后一天的清晨，李航都没能来到上海。夏明月只是接到李航的电话，说要她出发之前去酒店楼下取一趟东西，自己拜托了当地朋友给她送快递。

　　夏明月没有表现出任何不愉快，虽然心里仍然会有小小的遗憾，可是他们的日子还长呢，以后还会有机会的不是吗？李航可不是一个食言的人，她相信他。

　　而且，这一次迪士尼也不会真的落单。夏明月早就约好自己在上海的朋友，那是去台湾上学时认识的当地同学，叫元程。当她得知元程和女朋友也来到了上海，便没有不见一面就走的理由。

　　差不多到了出发时间，夏明月按照李航说的，先去楼下拿快递。她轻快地走出大门，四处张望着人影，没想到却突然被一个人抱了个满怀。

　　夏明月吓了一跳，才发现那个人正是自己的台湾同学元程。台湾一别之后，他们这是第一次重逢，两个人都忍不住啊啊尖叫起来，开心地拥抱着对方。

　　"怎么样，没想到啊。"元程说道。他的意思是，没想到一个台湾人和一个湖南人居然在上海又见面了。

　　"没想到啊没想到。"夏明月说道。她的意思是，简直吓一跳，这样热情的拥抱，还以为是她的男朋友李航突然空降上海了呢。

　　李航——夏明月揉揉眼睛，差点儿怀疑自己看错，可是，那个迎面走来的人确实是李航啊——难道这就是他说的快递？他把自己快递到她身边了？

李航一步一步朝着夏明月走过来，挑着眉梢，撇着嘴角，笑得怪怪的，明显醋意十足。最后，他站了了夏明月身后。

元程反应快极了，一看对面陌生帅气男子的不友善目光就知道对方的身份了，悻悻然地放开夏明月同学，拉起旁边女生的手，向那两个人介绍道："这是我女友，小洁！"

"嗨——"夏明月和小洁打了声招呼。

"你们好。"李航绕过夏明月，直接向元程和小洁伸手表示道，"我是明月的男朋友，李航。"

夏明月低头，忍不住偷偷笑，也忍不住牵住了李航的另一只手。她没想到这个人居然真的批下假期，只为赶来圆她的迪士尼梦。而且，见到自己和朋友拥抱，这个人居然又——又——又——吃——醋——了！

愉快的一天，似乎再没有比迪士尼更适合小情侣游玩的地方了。李航觉得，他的女孩快乐得就像一只回归山林的小鸟，掩饰不住喜悦之情，每一步都洋溢着欢乐。

"是因为见到我高兴啊，还是出来玩高兴啊？"李航悻悻地问道。

"都是啊！"夏明月是个诚实的孩子，挽着李航，大步地走向旋转木马。

这是她从小就喜欢的游乐项目，漂亮的飞马随着美妙的音乐不停旋转，仿佛置身在一场梦幻之中。李航扶着夏明月跨上一匹粉色飞马，然后大长腿一跨，坐到了旁边一匹白色飞马的身上。很安静，也很美好，夏明月突然向身旁伸出了手，李航默契地一把握住，觉得手掌中包覆的那只小手是如此绵软，也如此依赖信任他。

"好想永远这样转下去啊。"夏明月意犹未尽，李航表示并不介意陪她再坐一次。

"走啦，还有更好玩的呢！"另一对小情侣却不这样想。

夏明月冲李航调皮地吐吐舌头，表示尊重朋友的意见，总不能让所有人都迁就她一个嘛。

他们打算去玩加勒比海盗船，排了整整半个小时的队。元程和小洁都觉得等候时间太长了，但夏明月不觉得，大家站在一起说说笑笑也很好啊，总之她觉得只要李航在身边，做什么都很好呢。

后来，四个人一致认为这个项目排得值得。一场超真模拟的航海大冒险，狡黠的船长，海中的巨兽，美丽的海妖，暴风雨中的冲突……联想丰富的女作家忍不住向身边人问道："哇，你出海的时候不会遇到这种情况吧？"

李航握着她的手，无奈地道："这是童话啊，我的公主。"他想说，**真实的出海只会更危险，因为没有主角光环的庇佑，也不知道何日是归期。**

"真好玩，不过也有一点怕怕的。"夏明月意犹未尽，兴奋地说，"这个我也想再来一次！"

"什么都要双份啊，这么贪心吗？"李航问她。

"也没有啦，男朋友只有一个！"夏明月总是很诚实。

"喂，小家伙，不然你还想怎么样？"李航假装凶她，但也真的有一点介意她的那句话。

不知道怎么了，现在他们的角色好像反过来了。从前那个患得患失的夏明月不见了，反倒是他变得对这段关系敏感又小心翼翼。他想，也许是夏明月的优秀太过耀眼，远远超出了他的预想，虽然这是一件令人高兴的事情，但也真的令他有些担心。

　　他甚至想过，两个人初遇的时候，夏明月还只是一个十七岁的小女孩，一直生活在象牙塔，如果她去见识了更大、更广的世界，是不是还会对他这样倾心呢？他发现自己居然不自信了，这令他有些不敢相信。

　　夏明月没有那么多想法，只想天色快快变黑，她想和心爱的人一起看烟火表演。

　　"好漂亮啊。"

　　"是很漂亮。"

　　"发发，你许了什么愿望？"

　　"我许愿可以实现你的愿望。所以你的愿望是什么呢，宝宝？"

　　"我许愿发发永远在我身边！今天是！明天是！后天是！永远都是！"

　　"好的，我的小公主，一切满足你。"

　　满天烟火盛开在无边夜空，像是对年轻的爱情的见证与祝福。

　　夏明月轻轻踮起脚尖，在李航的唇上印下一个轻轻的吻。

海 上 升 明 月

我不敢联想太多，我必须承认我的软弱。

第 十 五 章

失联

惊喜总是突然到来。

　　夏明月没想到，李航的承诺居然第二天就生效了。他居然陪她一起飞回长沙，虽然按计划只剩一天的假期，但和心爱的女朋友在一起哪怕多待一秒，回程辛苦些也算不得什么。

　　夏明月上课的时候，李航约了长沙的战友一起打篮球，就在中南大学的篮球场。这对李航来说也是一次难得的放松，他是凡事喜欢自己思索并决定的性格，鲜少将心事告知他人。按他的话说，不熟悉的没必要，太熟悉的不忍心。家人和朋友越是关心他，他越不想增添对方的烦恼，何况在他看来，一个大男人若是整天向外宣泄负面情绪，只能说明他没能力解决问题。

　　他擅长打篮球，打的时候很投入。本来只是三个人的游戏，渐渐有了学生的加入，形成了真正的比赛。但是，李航显然低估了自己的魅力和小女生的"花痴"。

　　学校篮球场，那是男生游戏和耍帅的场地，同时也是女生寻找目标的好地方。当本校篮球"男神"程瑞安和不知名校外大帅哥开始了"斗牛"对决，整个操场沸腾了。

慢慢地，四周聚集的人越来越多。夏明月下课之后，想着和寝室同学一起去找李航，然后大伙儿一起吃饭。她还不知道李航此刻正被她的校友团团围了起来。

夏明月边走边给李航打电话，中途却被同学拉着走向了篮球场，说先去看看热闹。

"帅哥加油！"

"'男神'加油！"

"帅哥我爱你！"

"'男神'我爱你！"

震耳欲聋的欢呼声，疯疯狂狂的青春。夏明月也被人群感染了，目光投向了那场比赛，好在她个子高挑，挤在人群中也能一看究竟。

这一看不打紧，她简直要惊呼出来。"花痴"女生口中的"帅哥"，不正是自己的男朋友李航嘛！对手还是自己的好朋友程瑞安。这两个人怎么玩到一起啦？

可是，这两个人都不是玩玩而已。

程瑞安一眼就认出了李航，那个曾经被夏明月放在朋友圈"官宣"恋情的男朋友。虽然不得不承认那是一个看上去很体面的男生，可那也是实打实的情敌啊！这样一个场合相遇了，作为主场，程瑞安怎么可能轻易放他过关，好胜心绝不允许。

李航开始并不知情，作为客场，他本是无意和中南大学的学生一争高下，娱乐而已。可是，当那个大高个男孩儿一再向他挑衅，远远超出比赛意志，李航似乎明白什么了。

说是幼稚的斗气也好，说是被起哄得骑虎难下也好，总之，两个人今天是非要在众人面前分出胜负了。场外的欢呼声愈强烈，两个人愈沉静，他们都很聪明，都在观察对方的弱点，然后找准时机，随时准备突破。

夏明月虽然没办法一下了解清楚情况，但是她的立场很坚定。

只听夏明月喊道："帅哥加油！帅哥加油！"

众人侧目——原来文艺女神也是大"花痴"。

沫沫更是眼尖，也认出了那是李航，大叫道："姐夫加油！姐夫加油！"

众人哗然——原来这里还有大八卦。

这两句一喊出，球场上的两个人也彻底爆发了，场面一度相当激烈……

也是经过这一次，李航和程瑞安算是正式认识了，只是当时所有人都不知道，这不过是两个人最简单的一次交手，而今后发生的故事，会让他们之间产生更大的交集。至于那天的输赢结果，没有人在乎，李航模糊记得应该是他险胜，因为夏明月那天非常高兴，在他身边手舞足蹈地说着"我就知道，我男朋友怎么可能输"。他还记得，后来程瑞安主动来和他握手，小伙子手上蛮有力量的。

青春的小插曲精彩一现，没有为岁月留下更多笔墨。

第二天，李航从长沙匆匆返回部队。当男朋友离去之后，除学习外，夏明月又将大部分时间投入新书的写作上。以前在杂志上发表的一些旧文需要修订，为了新书特意准备的新文章也在改，虽然这是夏明月的专业特长，但对于精益求精的人来说也是一件颇为耗费脑力的工作。

课堂之外，不是在图书馆就是在咖啡馆，即使回到家中，也是把自己关到书房。最后，当书稿终于整理完毕，夏明月第一个拨通的就是李航的电话。

"新书写完啦！"她既满意又得意，当然最想的还是和男朋友分享她此刻的喜悦。

"是嘛，宝宝真棒！"李航一向是最称职的啦啦队，女友的头号"粉丝"。

夏明月听出电话那头好像行色匆忙的样子，周围又很嘈杂，于是问道："怎么啦，你在做什么？"

李航被战友呼喊一声，然后也来不及解释，只留下一句"单位有点事，你好好的，宝宝"，就挂断了电话。

夏明月只得也放下电话。她将自己轻松地置在转椅中，木头椅子扭动的时候发出嘎吱嘎吱的声响，但是并没有打断她的思绪。

"你好好的。你要好好的。"

她想着李航刚刚的这句话，其实这是李航经常说的一句话，在她调皮的时候，在她伤心的时候，李航是她的定心丸和安慰剂。

"我很好，那么你呢？"

夏明月心里忽然闪现出这样一句话。她决定，这本新书的名字就叫作"我很好，那么你呢"。

接下来，是为新书上市做准备的阶段，这时候大部分工作已经移交编辑，作为作者，自己只需要全力配合。客栈的事情也按部就班地进行着，暂时不需要她操办什么。所以，除学习外，当下夏明月的一个重要任务就是准备新年活动。

在今年学校举办的新年合唱音乐会上，夏明月主动退出连任了三届的主持位置，将机会留给了新生。但是，她也报名参与其中一个节目——女声独唱歌曲《漫步人生路》。

那天登台的时候，她特意拜托沫沫同学在台下为她全程摄像。演唱之前，她说了一段话："这首歌，我想要献给一个特别的人，我不知道他在哪里，但我知道他也一定在某个地方等待着我的出现。我希望以后的路，无论是通途还是坎路，都可以一起走过。祝福每一个心中有爱的人，新年快乐！"

当天晚上，她将视频发到了他们的私密日记簿，还手抄了几句歌词："路纵崎岖，亦不怕受磨练，愿一生中苦痛快乐也体验。愉快悲哀，在身边转又转，风中赏雪，雾里赏花，快乐回旋。"她相信李航出海归来的第一时间就会看到。

虽然这个跨年没有爱人在身边，但夏明月依旧虔诚地许下心愿，希望就这样一年一年平安成长吧，和自己爱的人，和爱自己的人，永永远远在一起。

不过，此时如何事务繁多也算不得什么，新年过后才是真正开始忙碌的日子。中国人是最看重农历新年的，这时候，人们无论是求学还是务工，都会尽量放下手中事务，赶回家去探亲过年。时间进入腊月，夏明月的日程安排至少有三分之一是人际应酬，家里人已然把她当作大人，除了她自己需要料理的那些人情往来，家里还交给她一些日常杂务。本地亲友还好说，主要那些远方归来的人需要接待。热情如她，但凡有空，她都尽量去机场、车站接一接。

当小森说本周末要乘早班机回长沙时，夏明月一口应允第一个去接她。李航叮嘱她不要太劳累，即使是想做的事情，也是尽量去做就好。夏明月知道这是男朋友心疼自己，还承诺说，要是李航来找她，别说是要她早起，就是让她整夜不睡觉，就算天上下冰雹，也会等到他来为止。

李航说："尾生抱柱啊？"

夏明月点点头："是啊，那你来不来？"

李航说："当然，我怎么舍得宝宝等。乖啦，过年就能见面了。"

夏明月一想到两个人相见的情景，就觉得心里美滋滋的，最好李航可以有一个长长的假期，让他们有时间去迪士尼，她还想坐旋转木马，她还想和他一起看漫天烟火。李航也答应她，说一定尽量满足她的愿望，不仅要带她去上海，还要去香港，去巴黎，带她玩遍全世界的迪士尼。

然而，谁也不曾料到，美好的剧情会突然急转直下。

第二天早晨的一个通知电话，彻底打破了两个人的新年约定。

早晨六点十五分，夏明月在去机场的高速路上出了车祸，安全气囊没有及时弹开，导致她右腿骨折、脸部撞伤，被送至医院的时候，整个人是昏迷状态。

夏家父母接到交通局通知的时候，连忙赶往医院，还不敢让家中老人知情，只好撒谎说"月月被学校安排去广州实习了"。

夏母心疼不已，抽泣着说"这个孩子最爱漂亮"。夏父不发一言，沉默地翻阅着通信录，他要联系最好的骨科医生和整容医生，保住他女儿今后的健康与幸福。

广州，李家父母接到电话的时候，表示想要过来长沙看望，被夏父婉拒之后，仍然表示一定会尽全力帮助夏明月渡过难关。

可是，当所有人都在为此奔波的时候，李航却在未知名的海上漂泊着。他心怀希望，想着这应该是节前最后一次出任务了吧，然后他就可以奔赴长沙，像夏明月说的，他们可以整天整天地在一起，还要去见她的家人，然后再把她带回广州过年。他设想了好多画面，只是从没想到在四十二天之后，当他上岸的时候，得到的却是夏明月出车祸的消息。他翻查手机，夏明月的朋友圈已经关闭，留给他的最后一条信息是她的"自言自语"式留言——"发发，你的电话打不通，你又出海了吗？我好想你。我去机场接小森了，真的好累哦。"

然后，再没有她的消息。

李航的脑中一片空白，他想象不出这一个多月里，他的女孩儿经历了什么。她很痛苦，她很恐惧，她很疼，她在哭，可是在她如此需要他的时刻，却联络不上他……这种事后的自责对于一个真正的男人来说，是椎心之痛。面对无法弥补的亏欠，他没有办法原谅自己。

订了最近的一班机票，李航飞向了长沙。

夏明月的电话始终打不通，微信也没回音，彻底失去了联系。李航无奈向她的发小、同学一一询问，最后直接找到了夏母，才知道夏明月和妈妈去香港旅行了。夏母让李航不要太担心，说月月的病情基本恢复了，手术也很顺利，只是她现在不想和外界联系，所以请李航理解。

李航只得对夏母答应着。可是，他想不通：自己也是"外人"了吗？为什么夏明月会不想见他，她难道不想自己陪在身边吗？

他已经回来了啊。

"宝宝，我回来了。你见我，好不好？"李航发了一条语音，声音几乎是颤抖的。

他希望尽快得到明月的回应，因为他实在无法把握自己会不会又被部队叫回去出任务，会不会又在无法预知的情况下离她而去，这一次，哪怕她能承受，自己也将无法承受。

她在怪他吗？李航觉得，即便是这样，他也没什么可抱怨的，确实是他这个男朋友做得不称职。

李航不知道夏明月现在到底是什么样的状态和心情，如果她只是对自己这个男朋友愤恨、埋怨，那倒是李航最希望的结果。但是，他很了解他的女孩儿，那样一个善良的、懂事的姑娘，他只怕她傻到独自伤心，怕她傻到用逃避来处理心痛。

他听小森说，夏明月很介意脸部的撞伤，眼睛和鼻子都做了手术，而且手术之后，除了家人，夏明月谢绝所有人看望。也就是说，除了夏家人，没有人再见过夏明月。

他听许雯雯说，夏明月只是给她打过一通电话，听上去似乎还好，没什么情绪异常，也听家人说手术挺成功的，虽然现在还有疤痕，但医生说随着时间会慢慢复原。

许雯雯还问了一句："啊？当时你在哪儿？她出事那天你都不知道吗？"

他听自己的父母说，夏明月是一个要强的女孩子，你要给她一点时间去消化这件事情。她勇敢，她坚毅，不代表她就不伤心。出了这种事，你要多体谅女孩子。

一天，两天，他可以轻易从任何人口中知晓她的消息，唯独联系不上她。所有的理智都在沉默的回应中被彻底击溃，甚至有几次，在他的请求下，夏母将电话放到夏明月的耳边，可是夏明月仍然拒绝和他通话。后来，就连夏母也开始回绝李航的电话，因为"月月一听到是你就会哭"。

我们的日记簿

宝宝：

　　我相信你一定会看到这篇日记。我没想到，由我写下的第一篇正式日记居然是在这种情况下发生的。我想，我欠你太多太多。

　　那天，你说希望我们可以过年的时候再去迪士尼，我认真计划了，如果是两天假期，我们就去上海，如果是三天假期，我们就去香港，如果有更多的假期，那我就带你回家。

　　可是，你看，就像我们以前听到的那个爱情故事一样，现实没有如果。

　　我不敢联想太多，我必须承认我的软弱。当我听到你出事的时候，整个人脑子是空白的，我所有的坚强、理智、精明、强干，那些你说你爱慕我的理由，在那一刻统统瓦解了。我只知道，当时的你是多么无助，多么需要一个坚实的怀抱承接你的痛苦，可是，我没有做到。

　　在漫长的黑夜里，孤独的甲板上，我带着对未来的无限美好幻想，和对当下的淡淡的忧愁，想了你无数遍。我想着你和我撒娇的样子，想着你对我谈起将来的样子，想着你时常的快乐和偶尔的沮丧，回望过往，我甚至发现你几乎没有对我耍过性子、闹过脾气。是你太懂事？还是我做得不够好？

你有时候很大胆，有时候又很胆小，但我都不介意，你的任何模样我都喜欢。我想为你打造一片天空，让你在我的庇护之下永远做一个无忧的快乐的小公主，我也十分满足于这种大男子主义的虚荣感，它让我觉得我需要被依赖，觉得自己很重要。

可是，渐渐地，我发现你并不是甘于平庸的女孩儿，你有属于你的一片蓝天，而且你有能力飞得更高更远。

看到你的文字成批地变成铅印，看到你在舞台上如明星般闪闪发光，看到你的"粉丝"和爱慕者为你欢呼倾倒，我在为你高兴之余，却也惴惴不安。

这一点，我未曾向你坦白。

请你原谅你男朋友这一点自尊心作祟的自卑吧。我知道，你喜欢的是一个可以被仰望的男人，也许你认为我是，我在不了解你之前，也认为自己年长你几岁，足够用经验来引导你的成长。

但是，我错了，你也错了。

你远比我们想象中更优秀更有潜力。不恭维地说，你会比我发展得更好。这让我惊喜，也让我惶惶，唯有更努力地追赶你的成长速度，才不至于落于你后，才有资格和你肩并肩去看更多的人生风景。

　　宝宝，你真的很棒，你知道吗？

　　记得你曾说过，如果有一天，我不想跑了，你说你会推着拽着我前进。反过来，于我亦是如此。

　　爱是互相理解，互相扶持，就像你为我唱过的那首歌曲，我保存下来了，在一个人的时候听了无数遍。

　　"路纵崎岖，亦不怕受磨练，愿一生中苦痛快乐也体验。衡快悲哀，在身边转又转，风中赏雪，雾里赏花，快乐回旋。"我希望我们能如歌中所唱的，不论悲喜，永远一起向前。

　　宝宝，再唱给我听，好吗？

　　我知道这些日子以来，你独自承受着巨大的痛苦，这或许让你没有信心面对两个人的未来。

　　是我不对，即便有再多的理由，事实就是我没有尽到男朋友的责任。我反思了很久，甚至想过是不是应该换个职业，好去谋求一个安稳的未来。

　　但是我想，如果真的那样做了，我会看低我自己，我也将不再是值得你托付情感的那个人。

宝宝，如果你对我有怨言，我愿意用余生去补偿我的过失。如果你是在逃避自我，我希望你能明白，这个世界上，有很多无条件爱着你的人，他们希望你永远快乐，其中也包括我。

我不敢说自己是最爱你的那一个，但我敢说，你是我最爱的那一个，我会用尽自己的全力去守护你的周全。我不会再让你一个人面对，我答应你，无论什么情况，我都会在你身边。

再相信我一次，好吗？

回来吧，宝宝。

很想很想很想你。

"叮"的一声，夏明月的日记更新提醒响了。她只低头看了一眼，就摇下车窗，让风吹了进来。

"怎么了，月月？"

"没什么，风吹迷眼了。"

（终）

图书在版编目（ＣＩＰ）数据

海上升明月 / 文吉儿著. -- 北京 : 现代出版社,
2025. 4. -- ISBN 978-7-5231-1250-2

Ⅰ. I247.5

中国国家版本馆CIP数据核字第2025BE1120号

海上升明月
HAISHANG SHENG MINGYUE

著　　者	文吉儿	

选题策划	袁子茵
责任编辑	袁子茵
责任印制	贾子珍
出版发行	现代出版社
地　　址	北京市安定门外安华里504号
邮政编码	100011
电　　话	(010) 64267325
传　　真	(010) 64245264
网　　址	www.1980xd.com
印　　刷	北京瑞禾彩色印刷有限公司
开　　本	710mm×1000mm　1/16
印　　张	8.125
字　　数	167千字
版　　次	2025年4月第1版　2025年5月第2次印刷
书　　号	ISBN 978-7-5231-1250-2
定　　价	59.80元